SHANGHAI METRICIAN

上海诗人

主编 赵丽宏 执行主编 季振邦

生命的棱角

上海文艺出版社

SHANGHAI METRICIAN
上海诗人

主　编　　赵丽宏

执行主编　季振邦

策　划　　杨斌华　田永昌　朱金晨

常务副主编　孙　思

副 主 编　杨绣丽　徐如麒

编　辑　　巫春玉　赵贵美　宗　月
　　　　　钱　涛　王亚岗　张沁茹
　　　　　征　帆　张健桐　罗　琳

上海诗人
2025 年 2 月 壹

主办单位　上海市作家协会
　　　　　上海文艺出版社

编　辑　　《上海诗人》编辑部
地　址　　上海巨鹿路 675 号
邮政编码　200040
电　话　　021—54562509
　　　　　021—62477175 转
电子信箱　shsrb@hotmail.com
　　　　　shsrbjb@163.com

头条诗人
004　听九章　　　　　　　　　　　　　中海

名家专稿
010　帽子简史（外四首）　　　　　　　育邦
013　喊出我的出生地（组诗）　　　　　龚学明

域外诗笺
016　诗的聚会
　　　　〔肯尼亚〕托尼·莫查玛 / 李　丹 译

散文诗档案
019　草木人家（组章）　　　　　　　　支　禄
023　洱海记（组章）　　　　　　　　　许　岚
027　生命的棱角（组章）　　　　　　　万代辉
030　大海之外的乡音（组章）　　　　　庄海君

特别推荐
034　和雪一起沉默（组诗）　　　　　　毛文文
037　橘黄色的时间（组诗）　　　　　　希　佑
040　如水墨，在画布上落笔（组诗）　　袁丽丽

华夏诗会

043 写在母亲的遗言旁（组诗）　（天津）宋曙光
048 流淌的铜（组诗）　　　　　（江苏）龚金明
051 皂角花开（外四首）　　　　（山东）王　勇
052 走走停停（组诗）　　　　　（北京）程立龙
055 我的大海（组诗）　　　　　（陕西）闫太安
057 鸟鸣和湖（组诗）　　　　　（江苏）阿依古丽
061 迎　春（外五首）　　　　　（河北）薛茫茫
063 分水岭（外四首）　　　　　（福建）远　山
064 满是褶皱的初春（组诗）　　（河南）薄　暮
066 帕斯卡尔的玩笑（外五首）　（浙江）麦　须
069 琴弦上升起的月（外四首）
　　　　　　　　　　　　　　（黑龙江）雨中的吉他
070 这落花的人间（组诗）　　　（宁夏）查文瑾
072 西极：帕米尔高原（组诗）　（新疆）赵香城
074 写诗的感觉（组诗）　　　　（安徽）徐春芳
077 苗乡十月（外二首）　　　　（贵州）杨应光

上海诗人自选诗

079 时光深处（组诗）　　　　　季振华
083 流　金（外四首）　　　　　周黎明
085 天山传奇（组诗）　　　　　吕　赫
087 在诗意的河流上（组诗）　　周长元
091 不期而遇（组诗）　　　　　王　婷
092 掌纹里的秘密（组诗）　　　禺　农
094 蝴蝶替我做梦（组诗）　　　夏　云

诗坛过眼

097 等闲拈出，皆是文章
　　——余志成诗读记　　　　　王　云

浦江诗会

101 陌　生（外三首）　　　　　吴海滨
102 起手式（外三首）　　　　　阿　笑
104 春天代码（组诗）　　　　　王晓明
105 我在听春天的声音（外二首）　杜　元
107 释　放（外三首）　　　　　陈秀珍
108 月白，落在青瓦顶（组诗）　吴肖英
109 三月的小雨（外二首）　　　百合雪
110 接　受（外三首）　　　　　艾　雨

诗人手迹

封　二　　　　　　　　　　　　安海茵

读图时代

封　三　　　　　　　　　储亚强 摄影 / 配诗

推荐语

　　如何对抗生活的平庸，避免诗歌批量复制的特征，将自己与他人作品创造出一种差异，是每一位诗人的愿望。将生活的真实，梳理裂隙，明确障壁后，再进行抽象与赋形，关系到一个诗人对生活和人生的体察与觉知的深浅，对自己心灵的一种维度的洞察。中海的组诗《听九章》将主体隐喻移到了主题内部，让隐喻成为语言中必不可少的指代物，从而让他的诗具有了一种非常性。诗中很多想象与词性的组合，有一种切断了与世界连接性的果决。但内中诗人的挣扎又何尝不是我们的挣扎，我们每个人必须活下去的理由与意义。

　　第一首《听影》，开头一句便是悟道："听到寂静的人，能听到阴影／投下的声音……"诗人在声音无法抵达的地方，为我们铺垫出一个场景。接下来，由"阴影"延伸出的禅意，便贯穿了整首诗。第二首《听雪》，第一节"……我拎着静默的耳朵，听雪／在半空，雪滑了一下"，"拎"出"静默的耳朵"后，一个"滑"字，让这首诗自始至终处在运动状态中，从而呈现出一种"异质"感。第三首《听雨》以旧时的刀笔吏与民国书生，两位人物与雨的互为关联和演变，隐喻雨之外的物事。诗人以油纸伞为引线，把一股灵敏之气付诸在它身上，前后之差越大，制造的张力也就越大。第四首《听花》，"……蜜蜂曾经是一个鲁莽少年，而蝴蝶／也曾怀春。两种声音在花听起来／都胜过开放声。花期过后，一切陷于／沉寂。那么，花败后，它曾经的开放声／还留在蜜蜂和蝴蝶的脑海？……"蜜蜂、蝴蝶与花的爱情臆想，又何尝不是人类爱情的一种缩影，一个预言，一种羁绊。第五首《听瓷》，"……刚才一只碗／摔碎了，这是一只碗失去活着的耐心／在众多碗的相互重叠关系中，碗最深的／记忆仍是成为陶瓷的燃烧声／碎的声音／释放了碗的听力——窑变的声音……"承载隐喻的意象必须有所指，才能够添加原本没有的意义。譬如这只碗。

　　唯有保持想象和隐喻的新鲜度，才能使一首诗成活。反之，不仅会使词语落入俗套，还会给读者带来无趣和疲惫感。接下来"以光线为生的椰树、棕榈和红杉／早晨的听觉最好，能听到细沙／边说边忘记的耳语……《听风》"、"声音不落地是纯净的，在空中／被露水淋湿，落在蝉羽和它的饥饿上……《听梦》"、"——别人的话一分为二／而我只说半句，以匹配废掉的听力／有趣的是，声音分离后，其词语／'咣当'一声悬在病房内—《听话》"、"听来的话制成回忆，一截一截／码放在时间的地窖内，不可支取／久了，变成陈酿，还不能品尝……《听酒》"，这四首诗在时空的往还中，带来多声部的复现、逆行、声音的音响效果。最后在诗人超出本质的虚构和想象中，完成自况，回到生存本身。

——孙　思

中海简介

　　中海，真名陈忠海，江苏张家港市人，中国作家协会会员。毕业于海军航空大学，大学时代开始文学创作，作品见《人民文学》《诗刊》《中国作家》《十月》《钟山》《北京文学》《上海文学》《解放军文艺》《星星诗刊》《诗歌月刊》《扬子江诗刊》《雨花》《红岩》《山花》《朔方》《诗选刊》等各级各类刊物。诗歌获全国诗歌大赛等级奖30余项，曾获江苏省委宣传部"中国梦"全国诗歌大赛一等奖，获叶圣陶文学奖和多项文学期刊奖。诗歌入选多种诗歌选本，多件作品翻译至国外。著有中篇小说集《碎片》，长诗集《终剧场》《中国梦》等5部。美术作品曾入选第二届全国文人画展，并多次入展全国文人画邀请展，多件作品发表于《中国文艺家》《扬子江诗刊》等各类文艺栏目。

听九章

中 海

听 影

听到寂静的人，能听到阴影
投下的声音。但有一种声音
投射到它的背面，必定刺破了自身
这个阵痛过程，我们称为发音

如果我们用语言细细打磨音壁，直到
声音成为一个气泡，语言泛着光
当它反射至听觉，意思会不会相反

要是，那打磨值得。至少，声音
模棱两可，或同一间房内
产生两种不同的声音

争吵声在我内心得到了控制
被压下来的另一个声音还在记忆空间
游荡。仔细思量的人，内言不出
外言不入。听上去，圆满的寂静声
是浑圆的物体，像宇宙的另一个版本
——内心的语言是它的暗物质

阴影的落地声只有光听得真切
光时刻安慰着已故的声音
其实我不想说腐烂、混淆视听
和大概念寂静。我是个粗人
一直忽略了听的另一面

听雪

雪是半夜开始下的,早晨
地上已有了薄薄的一层
我拎着静默的耳朵,听雪
在半空,雪滑了一下

我听到了雪滑落的堆积声
而雪听到了回声——我的静默
穿过雪与雪的空隙,那无法
删除的行距,深入雪冰冷内心的
声音

软的东西没有回声,静默被吸收
无声的累积会不会突然"砰"的一声
使一个早晨炸裂?弹性的隐秘处
声音潮湿而沉重,腰间,有断裂声
传来。声音的两头像一个暮晚
提前来到了早晨

大地一片空白,"听"从看那儿走过
像新生的鸟鸣从树上落下
听,那么易碎的声音,不久
就会融化

听雨

雨有箭矢之志,却有延误之嫌
它被括注,一地水在流淌
声音来自雨隙。因此,雨在水中
才是安全的,能静听自己流动

旧时的刀笔吏夹着油纸伞
在雨中穿行,为什么不避雨
天空学会了使用刀片,清除证据
也学会了击鼓,民间有冤情
就是这雨中穿行的人,而不是一场雨
和下一场雨的间隙

到了民国,书生穿上了雨靴
身子在半空,像雨在半空是干净的
书生走得快,常走到雨声的前面
听也就飞一样,先行听到雷声
雷声一落地,一身泥泞

油纸伞是闪电的装饰,书生一手
夹着闪电,一手夹着雷声
到民国之后,油纸伞是听的装饰
听到的是雨之间空线的拍打声
雨停后,阳光拍打的声音也好听

雨的箭头从古飞到今
而书生始终未亮出盾牌

听 花

安装消声器的花朵,其实
是内心淤塞了诸多蜜汁的回响
——内部翻滚的声音,逼迫一朵花
就范。但消声器消除了清脆部分
留下的沉闷音仍是招揽蜜蜂的利器

正确的发声法应该是慌乱的陈述
无规律的颤抖。蜜蜂使用了嗡嗡的
甜蜜颤音,花朵直接听到了爱情
而蝴蝶来时,是伴着箫瑟之声
那架势,让花朵沉醉,忍不住开放

爱情来迟了,花的消声器在拆除
蜜蜂曾经是一个鲁莽少年,而蝴蝶
也曾怀春。两种声音在花听起来
都胜过开放声。花期过后,一切陷于
沉寂。那么,花败后,它曾经的开放声
还留在蜜蜂和蝴蝶的脑海?

答案是都结束了,在相爱的刹那
就结束了。花在野坡败,羽在花间折
听力好的人,能听到断裂和刨土声
十里山冈,听一声孤鸣

听 瓷

据说,一只耳朵进一只耳朵出
具备这样功能的人是个天才
听是奔跑的马匹,也是一个古董
——深藏地下(我们还不知道
它在何处,是什么),也有可能是
电视机本身或它的屏幕,更可能
是在空中传播路上的一个信号

这样说有点绕?没关系,简单说
听得到了一种特权,它在世界的角力
当中,充当介质而消化掉双方——
听的记忆力。当听的存储器在动和静
在明与暗中发现自己有限的听力
总和也不过是运动的一个惯性

有时候,听失去耐心而略显暴躁
但听在听力之外是安静的。刚才一只碗
摔碎了,这是一只碗失去活着的耐心
在众多碗的相互重叠关系中,碗最深的
记忆仍是成为陶瓷的燃烧声。碎的声音
释放了碗的听力——窑变的声音

那是外力所致,我们在"听"中提取
古老的元素:"这里曾发生过一场改变
是什么平息了旧世界的碎裂声"
声音贯穿了一个人的头脑。我们即刻
听懂了历史在瓷器上的撞击声

听风

清晨,太阳从一团火中
缓缓扯出纱布,视力好的人
能看到海岸线的缝合针孔
——黎明的手术刀是镜头的道具
比如蹲守了一夜的摄影师

以光线为生的椰树、棕榈和红杉
早晨的听觉最好,能听到细沙
边说边忘记的耳语。植物们
如果失去听觉,那是风暴来了
声音返回到耳膜,像所有演奏者
聚集在音乐厅,指挥是海浪

听众是一群鹅卵石,它们安静
但那也是风暴凶狠的一面。镜头的
另一个原片是:音乐居于自然
在乱石穿空海滩,按下快门
听到树上呜咽的风

在海鸟摄影师耳中,听是全息的
远比眼中的灰暗画面清晰
太阳出来,沉船的散架声依次进入
照片中的画外音。一个好日子
摄影师从胸腔发出一声吼
声音随之起锚出海

听梦

相比身躯,蚊子的声音如巨雷
在夜晚的空中释放轰鸣

这是夜晚的插曲。当全部睡眠
集中在一个声音上,失眠开始了

它漫长的远游。嗡嗡声带着你
噬血的本质,在四壁不停地消耗

短暂的生命。就要被它害死了
声音破窗而出。失眠使出它的穿墙术

声音不落地是纯净的,在空中
被露水淋湿,落在蝉羽和它的饥饿上

是纯净的。梦想因失眠而亡,灵魂回来
天亮了,梦想的遗体由蚊子扛着

蚊子被拍死在墙上,黑色的图纹
就是梦想的样子。哦,这就是梦想

失去声音暴力后,做一个长久的梦
墙上留有血渍,血渍上留有掌纹

听 话

那一年,我的一只耳突然聋了
头晕目眩,走路忽高忽低
我以为今生就这样了
用一只耳朵听,声音一入耳
就再也出不去了。医生说
医生说的话不能全听进去,得漏掉点
在高压氧舱的压力中,一只坏耳朵
被压出了一个洞,入耳的声音有了
出口。但这个洞口太小,声音很拥挤
所以变形、尖锐,像射出来的箭镞

变了声的话,到了别人耳中
如说明书所写,神经性过敏症患者
不宜听。但没有一种倾听因不良反应
而拒绝发声,我们称之谓耳背的耳
是绕过一个废墟抵达另一个
即将过期的消息,也是给一群人传达
声音成为废墟前如何解救的口服须知

入耳之声同时口服是什么味道
是排山倒海的苦味啊。为了修复神经
传感器,甚至架起了天线,药物
蜿蜒到耳朵内部。睁着眼给自己下药
是什么体验?——别人的话一分为二
而我只说半句,以匹配废掉的听力
有趣的是,声音分离后,其词语
"咣当"一声悬在病房内

听 酒

感知是听到千里外的酒杯
——他们在提起你。说是耳根
发热。这些年几乎天天发热
我怀疑得罪人了,从案上、抽屉
寻找这个人的踪迹

这哪是一个人的疑虑,分明是
"听"病了。从"听"的脸色看
微紫、沉郁。几日未见,他背着一段距离
干些怀念的事。"听"顺从了距离之外
听不到的真实,顺从了距离捎来的
失实话语。案上写作,全凭手艺

听来的话制成回忆,一截一截
码放在时间的地窖内,不可支取
久了,变成陈酿,还不能品尝
再久一点,满腹牢骚挥发差不多了
吃回忆的副本。从文字中支取
老年生活的日常——

从细品中慢慢倾斜身子,酒杯
盛有稠密的液体听觉,它难以搅动
岁月的积累更是坚硬的固体
耳中生锈,不可进入回忆的声音
在耳道,堆积成一个叮咛

帽子简史（外四首）

育 邦

在乌村的小庙前
祖父戴着乌毡帽
跪拜，上香
一阵冬雨，熄灭微弱的火焰
那些刚打骨朵的梅花
站在黄墙外，沉默不语

从泥泞的乡村道路出发
父亲戴着蓝色帆布帽
到城里上学
春雪降临的时候
脸上的冰霜化为水雾
他看不清前方的路

十三岁的那年
我戴着鸭舌帽
东游西荡，经常旷课
从集市到麦田，从黎明到黑夜
如今头发白了，帽子也破了
一阵凉风吹来，刮走帽子
而我依然在路上——
整日游荡

我的水手

灰轮船驶过江面。
影子在云中歌唱。
我的水手,站在舷窗边,目送
落日余晖与往昔的群山。

我的水手,穿过人类的午夜,
眺望欲望的堤岸。
眉毛上的白霜如苔花一般,
悄然开放。

从甲板一头走到另一头。
我的水手,生活在曲折的水路中。
纳喀索斯,水中升起的自我。
迷雾与岩石,赐予他领悟。

往 事

水杉林中,传来阵阵鸟鸣
不要责备清晨,它总比你起得更早

少年心事,蓝色的忧愁
在青草的露珠上战栗

少女走向毁灭,野草莓
竖起灰发与骨头

我们是秋天的孩子
我们路过,世界停留在木栅栏上

钉在树上的指示牌
指向镇郊的坟地

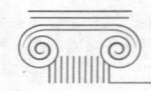

盲 眼

我们从花朵中睁开眼,
一只红眼睛,夜的眼睛。

照见江边的树丛,
照见异乡人的影子。

通过栅条间的方孔,
给庭院注入月华。

瞳孔中,走进一个小男人。
他背着一块石头。

一代人……不存在的盲眼。
向桂花树走去。

修正墓门关闭的时辰,
我们还需一杯酒。

在慢城

清冷的残阳点燃红梅的脸庞,
全然不理会春天的权杖。

渔网废弃在河滩上。
杂竹与荒草掩没小径,
没有人的足迹。

林莺站在洋槐树枝上,
独奏尖锐的赋格曲——
从繁华人间遁走。

松果在古老星光的冲洗下,
像石头开花,袒露一颗坚硬的心。
你饮下带有渣滓的黄酥酒,
走向黑暗中的湖泊,万火归一。

劳作的人们,蓝色蚂蚁,
把自己交付给这片黑色的土地。
染血的蝴蝶从坟冢间飞出,
把种子撒在黎明的门槛上。

喊出我的出生地
（组诗）

龚学明

交 响

布谷鸟不在田中，它为
失去家园而经年悲鸣
五月的第一个清晨，在我家乡张浦
鸟鸣唤醒晨光，如此密集响亮
我辨认出家雀如常低调
叫声短促，琐碎，而又持续
清亮而婉转者是谁
穿透雨声和涌动的声浪高部
它的欢快在保持和提振
聆听者的信心
只有室内异常地寂静
没有早起的交谈声和点火烧粥味
时间带走了父母
我的唇舌早已沉默如一个哑巴

抑 郁

中年之后，我有轻度抑郁
记起妈妈也是
这是遗传

妈妈爱哭，我也是
看一部电视剧叹人世不易
不禁泪湿

回到老家，每进出房子都向
照片里的父母鞠躬
我轻度抑郁如同日常

雨中的鸟鸣
细雨清亮，鸟鸣低续
雨水这么多，我抑郁多年

亲 人

孩子时，亲人的爱环绕
父母亲，外婆舅舅，伯伯们
他们的笑脸和温柔的话语

当我老了，亲人们稀疏
他们远行，我独在南京
经常在一条小径上茫然来回

只有归家祭祀或上坟时
与他们近在眼前，但不能看见
我们用相熟的气息互相围住

我想我离开人间那一刻
我和亲人们就在了一起，而我
担心我们的模样还会否相识

我不能停下爱妈妈

妈妈，今天天色阴暗
一个热烈的夏天就要过去
我头脑昏沉
几乎忘记了全部的过去
只有想起你
依旧仿佛近在眼前

妈妈，一世的恩情像一个湖
那点点滴滴都是温柔的水
你的爱透明，我看到了你心里的全部
你给予我的都是我需要的
滋润我长大

妈妈，三年不算远，千年又怎样
我习惯于南京到昆山三百公里的思念
地上到天上的距离用回忆穿透
你端坐在我的心中
一想起你，就听到你的哭声

妈妈，这人世的冷热我们都敏感
这日子开心时才好过
你和爸爸抛弃了我又等待我
从此我时常泪流满面
在我再次见到你们之前
我不能停下爱妈妈

注：妈妈离开人世已经3年了。早上想到妈妈，心痛不已。

泾上村，我远去的出生地

我在雨中骑行
那些落下的也是泪水

一切都像是安排
比如我来了，就降温
就有一场连绵的细雨

也不尽然
泾上村遁远，血地失色
戛然而止的风云落于地

野桃子长出来
荒芜环绕，繁荣虚假
恣意而生的力不愿领情

水不拒绝，柔软之物
迎接已旧的我
我在时间的低洼处认命

不会改变的水草
在基因的固执里摇曳
水中的姿势像一扇
正在打开的门

泾上村，泾上村
我多说一遍，不是为了唤醒
是我好久没有喊出我的出生地了

诗的聚会

〔肯尼亚〕托尼·莫查玛 / 李 丹 译

原智 01
——献给第八届上海国际诗歌节

按字母排序
先聊恩里克·索利纳斯
我们不会为阿根廷哭泣
也不会戏谑"魔都上海"
因为她是我们热爱的城市

马加里托·奎亚尔将诗歌
献给"在园林里谈情说爱的人"
也许在巴黎,于格斯·拉布吕斯与那些
把诗歌放进实验室里拉扯的人有"生死际会"
蝴蝶爱上了化学离子
跟着迪亚科内斯库去罗马尼亚穿越了
　诗意的岁月

不要插队,杰曼·卓根布鲁特
我们有出色的译员丹儿
不再需要你的翻译,她就在上海
先生,不要过于焦虑
不用担心"人工智能"
正如安海茵所说
"冷冽时恪守内心的泉水"就会寻到真龙
完成诗歌的转世

陈先发"孤岛的蔚蓝"里
潘黄的母亲将越南的梦想带去了
　"幼发拉底河岸边"
在那里,一位重量级拳击手
大流士·托马斯·莱比奥达入场
弘扬诗歌,致敬荷马

沈苇的"一个地区"承载了娜夜的"生活"
熊焱的"现世"曾经老去
如今年轻
就像徘徊在上海周边的约翰尼·李炜
度过了"诗人的末日"

弗拉米尼亚·克鲁恰尼"称之为时间"
那是座燃烧的十字架
将我们燃烧殆尽
只有马可·索佐尼先生
宣布一切都是"虚位以待"

黄怡婷对沃莱·索因卡"与信念同在"
我们相聚于此
表达同样的敬意
见证"金玉兰"奖
他是伟大的诗歌战士
非洲的莎士比亚

另外三位主角——赵,张,赵
赵四说,我们都是辉煌诗歌的"孩子"
张如凌说,我们也是22个在上海
　"寄居的灵魂"
赵丽宏吹响了诗歌的长号,高唱"梦和醒"
在诗歌中做梦,在现实中醒来……

世界逐渐人工智能

译者注:本首诗歌的作者用巧妙的方式将第八届上海国际诗歌节应邀诗人的姓名和代表诗歌名编串在同一首诗里,诗歌的作者托尼·莫查玛 Tony Mochama 来自肯尼亚,也是应邀参加诗歌节的诗人之一。

思南书店——诗歌的神庙

最初的是文字
而文字是神灵
神灵是诗歌
我们就是诗歌,你和我

临街,思南曾隶属宗教
书店思南悄然而生
教堂所属东正教
诗人们并非教徒

这里燃烧着诗歌的火焰
天堂的火焰叫菲奥娜
装配着软件,披着乌黑的头发

天堂在音乐的圣殿里
这座神庙里
这里陈列着书的祭坛
像我祖先的名字 Aseremo

祭品是对文学的热爱
熏陶着思南的文化范儿

远离菲力士人的法老吧
他们带着人工智能
盛产着抖音时代的文盲
左言他顾
满嘴胡话

我们走进书籍的迦南 （伴着音乐）
咖啡飘香
酒味沁人
这里
你与我，同步
互动在大一统的精神中
上海，智慧胜过大师

晚　宴
——致敬沃莱·索因卡

晚宴
我来得有点迟

伟人的头发像光环
有着圣人的模样

中国伏特加带着一丝
虚幻的气息—不能辨识
不能
我依旧想不起来
我们吃了什么

出身优渥的人
享尽饕餮盛宴，即便是早餐

有些人中年鼎盛之时
赶上盛会

有些人迟暮之年赶到
却发现只有残羹冷炙

我总是迟到
不过人人都有一杯羹
这场宴会也不例外

夜游黄浦江

上海的浦江是可爱的动感女神
拖着金光闪闪的建筑裙
环绕着一切，楚楚动人
奔驰文化中心像条银色的盘蛇熠熠发光

东方色彩渲染着粉红的夜空
顽皮的凉风亲吻着脸颊
一艘紫船驶过，生机盎然
另一艘如同幽灵影子般紧随其后，拖出了剪影

浦江上的游艇里
我们开怀畅饮，浇灌强大的肝脏

望向浦江两岸
如饥似渴地沉醉在闪烁的夜景中
百无聊赖

心中明白不会再游浦江
更不会聆听夜晚的江水在上海的耳边叹息

散文诗档案

支禄，中国作家协会会员、吐鲁番市诗词协会主席。已在《诗刊》《飞天》《西部》《星星》《草原》《诗选刊》《诗潮》《诗江南》《西藏文学》《山东文学》《鸭绿江》《延河》《西北军事文学》等国内外百余种刊物发表诗歌、散文等千余首（篇）。出版《点灯 点灯》《风拍大西北》《九朵云》等。2007年，吐鲁番市授予"十大功勋记者"的荣誉称号；入选2015年最美新疆人；参加第十五届全国散文诗会；毛泽东文学院第四期新疆作家班学员。

草木人家（组章）

支 禄

戈 壁

在戈壁，一个人走着走着，看到一棵树，远远地，像一个人站在前边等。

风，噼里啪啦地烧着；树，生机蓬勃地长着；出于好奇，人，不得不走近，来细细看一下了！

一看，倒吸一口气，树，浑身上下，让

沙子咬了十来遍，全是针尖大小的眼眼，蚂蚁样不停地跑着，根本不像树的样子。

让人纳闷儿的，树到底是怎么活过来的？

在戈壁，一座村庄在戈壁想立住脚跟，先得种上树。树扎了根，人，才去扎根，然后就有炊烟，鸡鸣狗吠声……

在戈壁，一棵树值得任何人站下来，用仰视的方式，去久久地打量。即使打量不出来个子丑寅卯，但看得时间一长，发现不像一棵树，而是一个不会说话的人。

雨

雨无所事事的时候，就扣心挖嗓地说些好话。

简简单单，就那么一两句，大地上的事情即拐了弯：

一块石头，心肠一下子变软；让黄沙挤压了千年的一棵草开始发芽；半截子枯木，赶紧开了一朵花；一只口干舌燥的麻雀看到雨，学乖了，不再上蹿下跳，吃了猫肉样的淘气。

一只流浪的沙虎，用半截枝条当剑，劈开风沙，连夜回家。曾下定决心，不再回到沙地。现在，朝四面八方说：不再一拍屁股，一走了之！要脚踏实地，从树里帮忙喊出些果实，从草里，不分白天黑夜地催花朵出来，从干瘪的云中，抽出闪电当绳子来跳一跳。

雨，就这么说一两句好话。

许多好事情，在大漠戈壁，一一落地生根。

二 爷

二爷抡起斧子，又在劈柴。

一堆又一堆，码在响亮的阳光下。暴晒，让水出来，火候就会更好。累了，卷起老旱烟，吧嗒吧嗒地抽，一亮一亮的火星，上天要去做星星，升腾的烟雾遮住了二爷的半张脸。

屋檐下，二爷望着一堆堆劈柴，心里暖暖活活，不久，昏昏欲睡，梦见大雪纷飞，一抱一抱的火苗，温暖的屋子，庄稼人在喝一场酒，压压内心深处的苍茫。

二爷，迷迷糊糊地睡着，平时做什么滴水不漏，此时，由于温暖，一时间疏忽大意，梦，虚掩着半个门。风有机可乘，一个跟头就钻进心里，呲咯一声，划了一刀，刀口不大不小，折腾得二爷站起来，跌倒了；跌倒了，又站起来。那疼痛的样子，像风割的刀口，一辈子不一定愈合，二爷已是六七十岁的人了。

风，其实是一把锋利的刀。

沙 子

草活着，沙子一步不敢往前

草，眼睛一瞪，沙子担惊受怕，一退好多步；草，能吼上一两嗓子，沙子就显得惊慌失措，活不下去的样子。

让人纳闷儿的是，如此硬撑的沙子，什么也不怕，却怕草。

在大漠戈壁，看来草厉害着呢！有时，连天空的鹰都没法比。

鹰，一看到沙子铺天盖地而来，三两下子，就被折腾得，一点鹰的性格都没有了！如果朝嗓门撒上一两把，变得更加沙哑，几乎叫不出声，像死了一般！草，一旦看到鹰失魂落魄的样子，一溜烟地穿过荒凉，高一声、低一声，总那么不停地鹰呀鹰呀地喊上几声。

听到草的声音，鹰，慢慢地醒过来！用腿小心翼翼地撑起，拍打掉浑身上下的土，翅膀，一扇一扇，低着头，向雪山顶上的窝，一拐一拐地飞去。

这样看来，草，比鹰更像一个英雄。

草木篇

1

草，经常头抵在一起，悄悄地商量一些雨的事。

头，一抬，看到云飘过来！

云里有雨！嘶哩哇啦地，一棵草紧接着用破嗓门喊了一声。听到声音，更多的草迅速散开，雨，天大的事情，喝上一口就比天还大。

草不管怎么喊，云，慌里慌张，又从头顶飘过去了。看那个急匆匆的样子，草，心里默默地想，难道世界上比自己还有需要雨的地方吗？

作为草，万般无奈地看着。

2

沿着草的方向，看到草把天空的太阳，当灯笼一样挑在手里，把过路的风当腰带系在身上，把云当作自己的手绢，时不时，擦一下脸。

荒凉铺天盖地而来。

草，连忙化成一把剑，劈呀劈，气粗马吼，像一个末路英雄，横七竖八地干着，又像不知天高地厚的样子。

草，曾扪心自问要不要去很远的地方？

但转眼又一想，脚下的黄土太厚了！草，根本拔不出来。

一旦拔出来，自己就不是一棵草了。

3

草，那么小，也没长腿，不知让什么风吹着，走了十万八千里。

在塔克拉玛干大漠边缘,几棵草坐在石头上,一回又一回,把天空的流云看淡。一眼看出来这些草是从故乡来的,一口气就可叫出它们的名字来:芨芨草、骆驼蓬、狗尾巴、猫耳朵……当我喊了一句:黄土塬!一棵棵惊奇地回过头,目不转睛,鹰眼样直勾勾地盯着。

片刻间,就看出来子丑寅卯。

可从目光里猜测出来,根本不相信一个人,也能走这么远的路,就像人不相信一棵草能走这么远的路一样。

在互相的猜疑中,彼此发出咯咯的笑声!

细细一想:人有腿,还不一定能走过草。

4

水,草的口粮。

戈壁冒烟冒火呢,水,连影子都不见。

左看右看,一棵草像是梦见水,也能活下来!

草,本事大着呢!一会儿看天,一会儿看人,说不定眨眼间,已经把一个人看透了。

如今,一个人对天空的雷电,一场盖住村庄的风,这样的大事了如指掌,而很少认认真真地去了解地上一棵草的事。

人,走着走着,情不自禁心里咯噔了一下,感觉让什么压着,身子很重。

低头一看,草,原来走到了心里。

5

老庄上,早就没人了。

门前,一丛一丛的草,像一个人站在那儿等,风吹雨打中,骨头断了,嘎巴嘎巴地响,一挺腰,又雄赳赳气昂昂的架势。

像把一个人等不回,草,坚决不死!

顺着草,看到日头、炊烟、鸟、云朵;逆着草,看到黄土、骨头、丢失的魂魄!从土里,找到麦粒、糜子、谷子,却坚硬如石,不想发芽。

一棵草疯子样左冲右撞,长进一个人的骨头里。

人,就等于背着老庄满世界流浪。

一个在外面闯荡久了的人,如果能住在草根里,一伸手才能摸到遥不可及的故乡。

6

风沙,野马一样奔腾,

对一棵草来说,一口气说上不来就上不来了。

风沙又来了,一大家子草抱起来,打碎的牙齿往肚里咽!人,很快躲进了一户人家,草,有提着碌碡打月亮的本事,却休想躲进门来。风,追不上人,驴一样急得乱吼乱叫,一肚子的坏水全泼在草的脸上。

风用劲的样子,像要把草连根拔起。天,顿时黑了下来,不知道一大家子草是怎么过的。

天亮，推开门一看，草，土头土脑，朝着我们笑呢！

7

草，渴得要命。

草，一个劲儿望天，天上有雨，草，心里一清二楚。

草，把天空望得窟窿眼眼的，到头来，还是竹篮子打水一场空！风来了，经常挣死扒命地推着草，不停地跑呀跑，火急火燎地，像是朝着有水的地方跑，风停了，草，眼睛一眨，又上气不接下气地站在老地方。

云的影子落下了，草，咂巴着嘴。

草，嗓门冒烟冒火，草，已经说不出话了。

草，眼麻了，把云的影子当雨来喝。

8

草，一个蹦子跳上石头，盘腿而坐。

一旦云朵作帷帐，头顶蔚蓝色就可当酒。

放目四望，戈壁茫茫，谁都心知肚明，一棵草活下来就如走在刀刃上。风，又在燃烧。谁也无法看清草的脸，但可以想象得出，灰头土脸，风沙，打了前胸又砸后背。

一只鹰，翅膀一拍，从雪山顶上出发。

准备从高处掠过，无意间顺着太阳的反光一看，一拃长的草心里竟然闪闪光亮。

鹰，又赶忙瞭了一眼。

看到草个头那么小。心里住着一百个春天。

许岚，四川西充人，今居眉山。中国作家协会会员，眉山市作协副主席，成都文学院签约作家，三苏祠博物馆驻馆诗人。作品见于《人民日报》《光明日报》《解放军报》《诗刊》《星星》《扬子江》《山花》等刊物。出版诗集《中国田园》，著有诗集《我们的苏东坡，世界的苏东坡》《中国先贤100人》《眉山记》，思想短语录《岚言集》。作品曾获路遥青年文学奖、东坡文艺奖、李白诗歌奖、薛涛诗歌奖、曹植诗歌奖、徐志摩诗歌奖等。

洱海记（组章）

许 岚

洱 海

洱海很淡。淡得像我此时的笑容。

洱海不需要太热烈的爱。太热烈的爱，太容易污染洱海的身体。

洱海，其实是一片湖。宽阔到你惊讶无边的湖。

洱海，像一只巨大的耳朵。聆听苍山雪白的赞美。

洱海，以浪花的姿势迎接我。它极力拍打我的宁静。

太阳，是洱海的眼睛，灼得我睁不开眼睛。

粼粼的波光，是洱海最惬意的时光。最诗意的抒情。

洱海，牵着我的手，渴望着我的渴望，把洱海走了一圈，嗅了一遍。

洱海，被林立的楼房包围，围成一条巨大的锁链。固若金汤，像一个城池。更像一个戴着镣铐的囚犯，一种被金钱和欲望吸血的美。

洱海，终日都在寻求一个突破口。它需要一次冲锋。每一朵浪花，都是它的子弹。

洱海，湿地。湿我身。也湿我诗。

水里湿着的水草。弓鱼。虾。蟹。海菜花。茈。慈菇。荸荠。棕头鸥。鸬鹚。红树林。洱海人……自由自在的湿着。诗着。它们是洱海湿漉漉的句子。一网撒下去，就会有甜美和丰收争相上岸。

很多白色的塑料袋。黑色的塑料瓶。白色的耻辱。黑色的狰狞。也跟着争相上岸。

洱海月，是洱海手心里捧着的幸福，向苍穹摊开的心愿。

金色的月亮，像一面铜镜，在潮起潮落中，反射或折射洱海的阴晴，或圆缺。

我是洱海的一叶飘蓬。我的叶子，像一片月。一片水上的金月亮。静静地依卧，或游弋在苍山和大理坝子之间。哪怕只是一夜，也足够了。

金月亮，是白族人对洱海月的美其名曰，一种精神的寄托，美好生活的向往。金月亮，是金色稻子长成的模样。

洱海，金月亮解救了它。一个昔日的传奇故事解救了它。

洱海，承载着太多无以伦比的美。太多世间绝望的憧憬。

洱海说：经过一番阵痛，我已回到了源头。

三　潭

这里不是西湖，水乡江南。这里是云贵高原。

这里的三潭不映月，只映心。

我不是李白，不是龙云。我要说，三潭之水，从彩云之南来，从云贵高原的头顶来，从我的心中来，从我一路奔腾的马蹄声中来，从一望无垠的金色田野中来。

  我不说它的咆哮，只说它的滋养。不说它的热闹，只说它的安宁。

  三潭，是三个生长期的水。女子。
  一潭，像少女。诗意。洁白。
  二潭，像少妇。奔放。激情。
  三潭，像慈母。端庄。优雅。

  她们，在万仞之上，起舞。哺育。裸露着美。修正着美。
  她们，是无数的雨燕，一路盘旋，缠绵。向着峡谷最低处的屋檐。

  三潭下的村庄，是三潭的孩子。雨燕的伙伴。
  三潭下的田野，是三潭的倾听者，感恩者。
  三潭没日没夜的歌唱，滋养，问候，是村庄的乳。是田野丰腴丰收的稻香，麦香。

  两岸青山。是三潭的怀。水，奶着山。山，怀着水。

  此时，我的心得以安放。或顺流而下。静静的，像一条鱼。或一朵莲。

杨丽萍

洱源文强村的孔雀。像一座小村庄在舞。
洱海之滨的孔雀。像一海淡水在舞。
大理的孔雀。像一个民族的魂魄在舞。
彩云之南的孔雀。像一个省的山河在舞。
中国的孔雀。像一个国度的精神在舞。
世界的孔雀。像一个地球的柔软，多姿，和平在舞。

  中国孔雀舞之源。世界孔雀舞之源。
  《映像云南》的逗号。中国的冒号。世界的惊叹号。
  她，是她自己的孔雀园。
  她，是她自己的祖国。

  每一次的蓦然，苦难转身，都是孔雀的一次华丽蝶变。
  没有了孔雀。她不知道将怎么活下去。她的一生，只做一件事。她的一生，就是一只孔雀的一生。
  她是一只雌孔雀。却不是一只母孔雀。

  世界上，有无数只孔雀。但只有一只叫——杨丽萍。
  她的价值，在于美轮美奂得唯一。飞翔。舒展。传递。表达。
  将美，舞到万物齐舞。齐飞。齐乐。齐美。

她用命跳舞。像一个巫女
我用命洗诗。像一个巫师。

我们是一对姐弟。

虽不是孪生，但我们的命运，我们的美，多么亲近。

亲近我们脚下的土地。

茈碧湖

徐霞客发出惊世感叹：茈碧湖美比西子。

我得轻描淡写：有时候，退一步的美，是大美。茈碧湖像一位藏在深山的村姑。美得自然。真切。纯朴。谦逊。从容。就让茈碧湖，和西子一起美吧。

我和徐霞客打赌。

你在茈碧湖碧了三天。我将在茈碧湖碧一辈子。

我和杨升庵泛舟茈碧湖。

杨升庵是我老乡。故交。状元。我是一介布衣。

我很感激杨升庵不嫌弃我地位的卑微。却喜欢我像茈碧湖一样的品格。

杨升庵在茈碧湖游历一圈，像游历一场梦，像游子回到久违的故乡。

杨升庵的故乡，何尝不是我的故乡呢？

茈碧花，茈碧湖的源头。是白家姑娘绣在水面的莲。或黄或白着茈碧湖的幸福。茈碧花只开子午。错过了子午，就错过了茈碧湖的最美。天下唯一的圣洁。

水树花，茈碧湖从未揭开的谜语。欣赏水树花，你得风和日丽。你得摒住呼吸。你的心得是一片湖。水树花，从深水突然跃起的那一瞬，你也像一棵树，一棵浑身长满珍珠的玉树。

茈碧湖，洱海的源头。是一本精致的白皮卷，水之书。

每一滴水，每一朵浪花，都是她深情款款的文字。灵动。轻巧。真诚。炽热。像每天都在欢唱的歌会。

在此时。我是这本书逆流而上的，唯一的读者，朗诵者。

任我怎么或急或缓的翻阅，或高或低的朗诵。这本书，都那么干净。优雅。爽朗。透彻。像大自然精雕细琢的魂不守舍。

在此时。我，也是碧的啊。像茈碧湖，黑山谷，垂柳，村庄，飞鸟，行人，马群写意的一幅山水。

万代辉，厦门日报集团海西晨报首席记者；福建省作协会员、泉州市作协散文诗创作委员会副主任。作品散见于《诗歌月刊》《绿风》《湖南文学》《福建文学》《台港文学选刊》《厦门文学》《散文诗》《人民政协报》《羊城晚报》《福建日报》等，作品入选《中国散文诗大系》《散文诗年度作品精品选》，分获两届福建省文联等主办的"世界华语文学征文"大赛散文奖、泉州文学奖。

生命的棱角（组章）

万代辉

在石头的世界里

南安水头，毗邻民族英雄故里——石井；刀光剑影远去，驰骋于石世界的血性商帮崇尚成功；面朝大海，挟裹激荡的潮声，在没有硝烟的战场上策马扬鞭。

壁立千仞人为峰，向上跋涉，展开内心明亮的翅膀，窥探戈壁荒山深藏的原始图谱。

一双如玉的慧眼，敲开幽暗的生冷和封闭；借一线光的锋利切割阴阳，坚硬不再冥顽。沉积在地球深处的硅，构成美丽几何形态的灵动。

手中紧握一块块五颜六色的石，犹如捧着一朵朵凝固的鲜花；敞开心扉，踏寻知音。

石充斥着无意识的圆滑，也张扬着生命的棱角。前方的旅途，即使崎岖，匍匐于地亦有从容不迫的出路。

在纹理里寻找纵横的底色，哪怕是一片薄板，也能打磨出厚实的斑斓。

幻化的环珮叮当，菩提花开，洪荒里蕴藏春风野火。卧或立，洋溢如水的波光，哪怕砌筑成墙或为街景，都承载着可靠的精神厚度。

石塑造艺术，雕刀之下有历史人物的重生、有宫观寺院雕梁画栋的严谨、有飞禽走兽的生猛、有花草树木的春色。一场盛宴，纷至沓来的游人，在荟萃的石林里，领略几何美学和思想的星辰大海。

石的张扬脸谱

在石博馆，石头来自地球的每个角落，入驻文化园区偌大的展厅。

红的、黑的、绿的、白的，不同肤色且洋溢朴实的气质，带着原乡花草香的天然意趣。

每张脸谱，清楚地标注祖籍，线条书写自己的身份出处；历经的风霜雷电，贮蓄一团迸发的熊熊烈焰。

在每个冰川时期，与地球同酣于混沌蒙荒，洁身如玉。穿过广袤的大地款款而来——花开的歌唱，流动的魅影，奔跑的力与美……原初的玄幻秘境，揭示鲜为人知的传奇。

浓缩一座山，托起一片海。冷峻大山告别海洋的怀抱，飞翔的石头带着微光的浪花，纹理流动无声的五线乐谱。

山川，许以最初的梦想。玉石，与永恒的时间同在。

无瑕的笑脸，温柔地注视，在漫长等待中不再是擦肩而过的回眸。童话的翡翠与钻石的爱情，婆娑绿树的娇艳与鲜花的海誓山盟。哪怕岁月如霜，真诚相守，将直至天荒地老。

石与石相互成全，静默里深藏的坚硬，一路撑起人类不屈的脚步。

原始化石前的沉思

地球隐生代的原石，万年前带给人类无尽的想象和无畏的探索。

时间，是石盘的光影喻意，存在感知和觉悟。原始的狩猎耕作，石打制的武器、工具、劳作直至艺术品，一步步从混沌中走来，走出原始莽苍的丛林。

历史，是昼夜的叠加，沿着时光隧道，走出窝居的洞穴，陨石划过天际；一双好奇的眼睛，看日出与日落，太阳与月亮，大地与江河，饮毛茹血的痕迹，留下漫长的艰辛。

春天，相伴风雨和彩虹；心灵，只要有阳光，再远的路也有抵达的终点。在每一块化石前，早已没有当初的生冷，它呈现出生命捍卫的精彩，打磨出深沉且不可言说的品格意志。

石的法则，是地球不会遗忘的记忆，它见证了大自然的运动与变迁，见证沧海桑田的幻灭与重生。世间万物都有自己存在的生命周期，而我们都是石前的过客，匆匆一眼就是亿万斯年。

在灵性的石头里，坚硬的魂魄永生。

葡萄庄园的甜蜜诉说

阳光从德化汤头的山冈掠过，留一张温暖的笑脸，棚架下一串串珍珠反射着光泽，映衬园区的活力。山风提着紫红色灯笼，在绿水青山中歌唱。

天空睁大蓝色的眼睛，打量漫山纯净的翠色，瓜果与茶树掩映的房前屋后，散发浓浓的泥土气息。一条清澈的溪涧，装入时间的容器发酵，酿造缕缕醇香，醉了一路跌跌撞撞的蜜蜂和蝴蝶。

彩色的翅膀，停栖在绿叶与花丛中，沐浴初醒的黎明，浸染金色的黄昏。

蛐蛐叫响的夜晚，星星畅游于村中的沟渠，附语农家雕花的窗棂。门前腾出空地，让藤蔓伸长蓬勃的曲线，爬上高高的围墙；太阳鸟跳跃啁啾，讲述经济作物的新鲜故事，以及草龙珠上演千亩山地的传奇。

一样的风景，不一样的感悟；一样的路，有不一样的终点。

葡萄酒庄入驻深山，拔地而起；别样的卓立，追求着生活的高度，山坡植下的诺言，已在车间发酵履约的金秋。

春秋山上，山上的春秋，浓稠的甜蜜涂抹双手，粘合山地的规划起点，在希望的起跑线上，乡村一起向前的发令枪声已然响起。

掌瓜托起天青翠色

鲜花是报春的使者，叫响播种的季节。嫩瓜一路生长，充足的阳光和水，肥沃土壤找到了甘之如饴的成熟和荷锄在肩的重托。

成片青色的瓜，像握紧的拳头，砸向山坡，传递无形的突围力量。摊开掌心，清晰的纹脉伸向农家的采摘路径。

一方水土养一方人，那一抹天然的青翠底色，是山村朴素的描绘表达。

站在山腰任寒暑来袭，风霜刻画的皱纹里，雨水冲洗淤积的蒙尘。不含杂质的鲜嫩，在寻常田家，"佛手"的无畏，蕴含众善奉行的心智，多一份虔诚的布施，多一缕香脆的炊烟。

无需覆盖塑料外衣，宽大的绿叶自由舒张，沉甸甸的心一旦落地，在集市或商超，交付了农副产品的绿色使命。仓廪足的农家，乡情不忘，于永恒的大山，努力护守着土生土长瓜果飘香的家园。

乡村庭院的绿植

摒弃拥挤和喧嚣，乡村楼房装饰都市的风情；光鲜的墙面挺直腰杆，泥土洋溢自信的现代气息。

曲折的村道不再坎坷，山坳不再遥远；努力的脚步碾平了洼坑，代步的交通工具把边远的距离拉近。

墙内围起的阳光，挡住寒风，护住留守的暖流。父辈们翻晒闲暇时光，对接山外的信息；那棚架上的青藤，带着增收的微笑向上攀援。

绿草编织憧憬，河水流淌日月的关怀。空气清新的山村，一支童年的竹笛把山雀叫唤，飞向远方的翅膀捎上无数奔赴的春天。

双手梳理阡陌，接驳四季的心田，唱一曲踏诗而行的青春，暂别的故土，离不开家乡的挂念；走得再远，父母永远是无风无浪的安全港湾。

城市的后花园，是他乡奔波后停歇的舒缓驿站；放眼满眼绿色的窗外，围墙内茁壮的果树，多了鸟语花香，多了温馨山风的吹拂。

逢年过节，盘点野蛮生长的果疏和禽畜，升起那城市久违的灶台柴火，激情地噼啪，夜光杯里的家酿，琼浆泛动着欢乐与祥和。

庄海君，男，80后，广东海陆丰人。现为中国作家协会会员，汕尾市作家协会副主席。作品见于《诗刊》《中国校园文学》《阳光》《时代文学》《星火》《星星诗刊》《诗歌月刊》《诗选刊》《诗林》《牡丹》《文学港》《散文诗》《草堂》《散文诗世界》等刊物。出版诗集《十个太阳》《我们一生》《风与花的爱情》，散文诗集《海陆散曲》等。

大海之外的乡音
（组章）

庄海君

小 岛

"小岛并不小，山上有神迹"。离不开的臆想，反复地敲打着这片湖水。

从脚底抽身，到眼眸消逝，我们发现湖水舒展的表情开始变慢，慢到可以放开掌心的日子。

当我们握紧手中的秘密，划一艘小船，划开一条水路。路上，有水鸟栖息的宁静，有夕阳舞落的想象，有行人路过的空寂。

在小岛，我们可以让出三座山倒下的声音，把自己打扮成季节的色彩，当月色已深，走向低处。

到了秋天，炊烟翻滚过的履带，掩映着树叶摇晃的忧伤，一个回首，一个呼吸。

面对一湖的色彩，我们与小岛始终保持沉默，待岁月静美，生活安好。

又一年冬去春归，晚风吹着渔村，吹过小岛的身体。此刻，乡情满怀，淡或者咸，都是我们向往的生活味道。

长沙湾

当往事不如烟，岸滩的夕影还在守着那个风波中的古海口。

我们看见所有的日子都浸泡在水中，影尖伴着一抹孤梦行走。长沙的夜雨，落地无声。

或有月色在丽江，想象着蟾光寂凄，又或是海门的潮声，踏雪浪，坐灵岩，隐藏了五镇烟斗的痕迹。

待到时间被尘埃覆盖，山色水影各执一词，五叶莲石马的故事锁在纸上，我们才写下这段往昔。

长沙湾拐角处，凌波仙子已远去，一眼城池，数不尽的人影奔赴而来。

看不透马皇后脚下的文字，读不尽三山的爱与恨，任把伤口挂在西闸边，等待流年。

在长沙湾，我们守住了历史的缺口。

凤　河

黄昏载着乡愁归来，绕过鹭鸣，与横渡在凤河的日子，缠绵一段深情的红尘。

听，旅途在夕阳下浅唱，就像暮色划开了岁月，每一个画面都近在眼前，那些想象过的风景，如彼岸花开。

听，轻轻地听着，再一次听见了风落凤河，用水声梳理往事，或深或浅。

走向凤河，就能想起远方，记忆在渡口静默，与自己的背影招手。

又一年晚渡，风已吹醒了所有的落影。收割的月色在河底，看故事的轨迹，去了又来，来了又去，人影重叠着。

岸边的梦仿佛是新的，那些无法打捞的年华，抱住凤河，像抱住一个人的记忆。

那年，渔火很深很深。

螺　河

当天空的色彩落成思乡情怀，月光再一次踏着蓝色旋律归来，再次填满眼前的这条河流。

梦的距离从这条河流开始，高过望乡的目光，无数次的呼喊，都在潮落后选择远方，与故乡一同行走。

轻轻一落笔，为一条河流命名，最靠近泥土的气息，那是今生要去的地方。

城市与我们的表情都来自这里，面对一河的晚风，失眠是多余的。

这一生写过许多文字，关于故乡的声音，一直停泊在岸边，像是在等待另一个灵魂的到来。

假如遇见一座山，就把日子遗弃，为了一粒水声，穿过身体，此刻，一场风雨正在赶来。

蓝天下，尘世间的语言汇成一个方向，沿着螺河，吹奏着大地的声音；转个弯，把往事献出，乡音早已占据了河道。

宋　溪

沿着一条小溪，怀念所有时间里的事物，我们在溪头，天空的颜色落在溪尾。

在宋溪，我们看见的美丽，都朝向同一个地方。

走着走着，树影披挂在了我们的身上。这时，只要喊出名字，就可以看见一只鸟飞向云端。

有些人拐个弯，不见了；有些日子，一直浸泡在水里；还有一条小溪，昼夜贴着泥土，长满关于宋词烟雨的秘密。

即使忘却了上涨的月色与名字，历史里的风依旧仰望着。

把行人的足迹描摹成溪里的倒影，或繁星的眼睛，故事在怀念中渐行渐远；或沉积

成一条又一条的碧道。

　　一溪的文字，一座古桥，一个宁静的夏夜，还有一座古老的村庄，怀揣着一些老片段入梦。

龟龄岛

　　如果有一天，海水拒绝了蓝天白云，色彩不再涟漪，倒影或远或近，岛屿终于说出生存的方式。

　　进入龟龄岛之前，我们应该从一些事物藏匿于黑暗中说起，牛皮洲、赤腊、鹰屿、青屿、捞投屿……

　　行走的风景，如一卷故道书，越来越深厚，忆情饱满。这一刻，我们有了龟龄岛的梦。

　　海水折去翅膀后，与我们相遇。遇见的人或事物，都以为故事绝非遥不可及。

　　第一天，海盗脱下残垣断壁的语言，让风中的泪水都落入海中，一群野山羊的游离成了自由旅行。

　　第二天，海底城似梦似幻的活着，一口古井的水淡化了岁月的流逝，我们说了落叶归根的秘密。

　　回首时，风从南边吹来，妈祖的声音修成一道奇观。蘑菇石在路上借着故事，或在石小屋，或在地道，直至仙泉从云端自然落下。

品清湖

　　品清湖畔，一切都安静地落下来，渔船摆渡的鸟迹，岸上行走的喧嚣，搁浅的夕影，还有我们望过的视线。

　　在晚风贴近这片土地之前，我们想再一次抒情品清湖与我们的梦。那个喊出大海的人，让所有的日子退到了水中。

　　此时，月色照进的名字，越来越清晰。

　　您站到白云的背后，守候着，或在等待着什么？像一个慈祥的母亲，把一条金色的彩带系在回家的路上。

　　罗马广场、中山轮渡、小岛渔村，我们的脚步已跟上了感觉，以星辰的形状，环抱起一个港湾。

　　凤山、鼎湖山、屿仔山，终于找到了风吹故乡的温度。每一次回首，我们都是有乡愁的人。

　　海滨街、凤山妈祖、沙舌，暮色般的年华在降临，穿过品清湖，我们的黄昏尚未起身。

五千吨码头

　　这守候静得那么凄美，以寒月落霜的姿态等待，把时间刻成表情倒影在海里，或在岸边。

　　在五千吨码头，我们仰望过的岁月，如同静止的沧桑划过眼眸，日子一行一行。

当船上的高度与船下的深度，沉重地放下往昔，它弓着身影，像在亲吻着落日。

我们听见彼岸的船号已响起，或早已等成风声。行走中，船票握在手里，赶走夕阳。

一声笛鸣，硬把乡情拉长。

路过的感叹依然很清晰，摇晃着我们的岁月，水手在甲板唱过的歌曲并非无题。

码头啊，码头！我们的心悬挂在天上，看着这一片蓝色的大海。

公平水库

倒进天空的表情与色彩，倒进季节之外的惊喜，倒进风雨中抓到的文字；这时，便能发觉风像春天一样吹过。

沉寂的泥土里有乡愁的味道，还有重叠的故事，最深沉的声音来源于一条河流。

在公平水库，必须把所有的日子放进水里，才能守住一串密码。

不必为候鸟的远去而忧伤，也不必为水涨水落而惊慌，更不必为游鱼的爱情而叹息；这时，我们看到的月光会像时间一样落了下来。

在公平水库，蛙鸣与夜色，行人与寒露，总能按时到来。

走下去的日子，应该留有一处空白，可以填涂天空的色彩，或静静地等待着碧绿的情感。

和雪一起沉默（组诗）

毛文文

毛文文，汉族，1966年生，居南京市溧水区，融媒体工作者。诗作散见《诗刊》《星星·诗歌原创》《扬子江诗刊》《上海诗人》《万松浦》等。

未来的某个黄昏

有一万个黄昏
可以被落日惦记，可以被山峰
用石头滚圆

而我的背影，多像一座碑石
坐在轮椅上，宁静得可以一无所有
耸立着孑然一人的孤独

人海中的高楼，正在月光里行走
在灯火处喝酒，把自己渲泄成一道瀑布
一首诗躲藏着、闪耀着，迈过人间
像在清洗，我酒后的肠胃

在这样的意境中，白云的凋零
像喝完白酒的瓷杯
那种灰白，趋向于黑。日落
是最好的下酒物。它平易地倒入满足

抱着雪花取暖的人

从湖边回来，风应允浪
雪花，应允一群羊
这些洁白的事物
在胸中绵延，起伏，坚守

将浪托出水面，堆成山峰
将雪铺成小径
一群羊从山上下来
我手里的牧鞭，在虚空中
把夏天的雷电，赶回来
和雪一起沉默

一个苍白的旅行者
怕点燃的火焰，使一座山熄灭
他只是紧紧地抱住雪
像抱着一只丢散多年的羊
温暖，是那么白

以花香为补丁

酒正浓，杯子碰出的声响
踏破羊肠小道。飞不过的蝴蝶
想乘上桃园的粉红铁骑

而我的杯盏里，火与水博弈
正涌动着两股火焰
像两条路，奔向晨钟和暮鼓

什么样的号角，红肥绿瘦
什么样的信马由缰，不知归途

光阴穿透杯底，而我
遵循花朵的旨意，在春天的沙场
翻山越岭，把天空的枝桠
装进箭筒，那些凝结生与死的花香
被醒来的箭镞射中

多么像别上针线的补丁
让陈旧的沉醉，骤然醒目

一片树叶的漏洞

有时，感觉自己仅是一片树叶
想着被吹拂，被抬高
看见光线中的尘埃，让脉络
充满纹理、年轮和草木的香气

源于生命隐隐作痛的枝条
在故乡一隅，为我空出一条道路

一个站立，扎根大地的形象
无处可逃。一片叶子等待一个漏洞
变成地图，引导虫豸撕咬

从这些伤口里射出，无数把箭
有尖叫的怪物纷纷倒下
稀稀疏疏，声音不可捉摸

一片树叶的漏洞听清了
它不说话，只保持呼吸，以此感受
一棵树，原地不动的逡巡

粉黛草所见

粉黛花开，八方的人群涌入
在自己和他人占据的地方
梳理秋天凌乱的发丝

田埂上，一个拽着彩色气球的女孩
奔跑着。妈妈站在那里
获得了粉色的笑意
像之前雨水滴在花穗上

透过镜头，连片粉黛在风中追赶
有一会我觉得，命如草芥
隔着时光和年代
粉黛草，因幸福而摇曳

梦幻一片连着一片，一只宠物狗
窜到田中，沉浸于捉迷藏
或是模仿主人，在田中的浪漫
被踩倒的粉黛，发出了吠声

八角牌坊

歙县的牌坊告诉我们
从不同方向看
梁枋、拦板、斗拱、雀替
和石柱一样都是站立的

只有石狮坐着，不动声色
走过棠樾，徽州古城的阳光
才从云层里出来

我们站在八角牌坊前
石础之上的十二只石狮
仿佛喉咙里的吼声还那么完整

街面由宽到窄，人群由少到多
牌楼上的字由模糊到清晰

直到阳光刺眼，石狮开始打盹
我们可触摸的蓝天
有了八角牌坊，龙凤飞翔的一隅

就像凯旋门，只有在这里
能飞出明亮的翅翼

唐模水街

我们来的时候，檀干溪
鼓起了语言的风帆

一群群麻鸭，啄食我们的目光
在溪流潺潺的传说中
水街的蓝和空白，从茶源石子上
托起花格子连衣裙

这里没有海藻的波澜
马头墙上的炊烟，被我卷成烟卷
吸一口，能呛出泪来
而水街的流水，很少拐弯
很少在拐角处，遇到想见的某人

岸边曾开口讲话的槐荫树
其实是一棵上年纪的樟木
我在树边照相，如同树，也有伪装
在歙县溪流里停栖，翻卷

有时又像鸭子的羽毛
在水街，湿了又干
像彼岸花，谢过，又红艳艳地开

橘黄色的时间
（组诗）

希 佑

田 园

给即将种下的老南瓜和小白菜
养一床新的土壤

老人说她生来就在田园
为土而生，又以土谋生

藤上的老丝瓜该摘了
如果孙子孙女喜欢番茄和星星
就再种点儿番茄和星星

老人说她十七岁的时候
拿的是队里最高的工分

田园老了，时间也老了
本该是一年忙碌的秋
那双手再也握不成一个拳头

希佑，本名崔燕雯，女，1994年生于上海，擅长戏剧创作，喜爱诗歌，上海华亭诗社成员，作品曾在上海市民文化节、长三角市民写作大赛中获奖。

缝棉被

秋雨落在阁楼顶
窗户里，镶嵌着一盏灯

从木柜中翻出棉花被
过期的阳光和樟脑的余味
像老梳子舍不得扔掉

木柜的铜锁老了，合上
嘎吱声，和老人的关节一样

女儿出嫁时，母亲缝了一床喜被
孙女出嫁时，母亲还要缝一床喜被

孩子说，眼睛都看不清了，还缝什么

小时候，母亲缝被子时
我喜欢在崭新的棉被上打滚
身上沾满阳光
再苦的日子，也是新的

年　末

走进这里前，我想
我只是喜欢安静
希望有个老者，脚步如云
经过我

银杏叶像僧服上的补丁
干干净净，轻轻飘落我身上

后院，山茶还有最后一次凋谢
花瓣打着瞌睡，猫也是

一缕风，带着香气
向新的一年鞠躬

落羽杉林

纵向的乡村公路
落羽杉铺了一层又一层

林中，厚厚的阳光下面
种子调整好发芽角度
平行于万物的冬眠

郊外，一阵鸣笛
惊飞白鹭
它拖着长长的抛物线
落在一条小河越来越慢的
流淌上

落　发

与骤冷时的落叶一起
它们要集体离开我的身体
我倒宁愿
不要为季节，再增加所谓悲的氛围

气氛已经到这了
就像那年孩子离开我身体时，那样自然

区别是此刻没有疼痛
我已习惯，这年年日日的消散

淡水鱼

旧友归来
在咸度很高的沿海国家生活多年
谈话绅士，端坐，语言切换

气质和记忆里的模样不同
岁月偏爱，没有给流落他乡的人
带去过多苍老
体内包裹着文思敏捷和缜密逻辑
晚餐隔在之间
他，依旧熟悉地举起方圆的竹筷
说远方之远，热腾腾，豆豉的香气
还有，祖国的淡水鱼
正是淡，勾起浓烈的想念

街角的猫

太阳在西，离地面四十五度夹角
影子被拉得狭长。街角的猫
弯曲着橘黄色的时间

十厘米高的视线，捕不到天空的蓝
一窝兄弟姐妹，只剩牠一个
如今，也病了

眼神，饥饿而迷离
性格，一声夹子音
籍贯，某河道，某桥洞

六十六天的寿命
向西奔跑。一朵长尾巴的云
从地平线升腾到天际

如水墨，在画布上落笔（组诗）

袁丽丽

袁丽丽，写诗、爱诗，在大学时曾是文学社社长，现在某镇政府事业单位工作。

一棵空心树

从晨曦中选一滴露珠
滴进我的眼眸

从诗书里摘一朵红梅
挽进我的鬓角

我来见你，你这棵空心树
是不是可以，不顾一切地长出新叶

就像我立在这河岸旁
无惧风雨，只为等一个人来
填满这颗空缺的心

初 见

初秋的风，绵延着夏的炙热
它拂过道旁的银杏树
满树的叶子由绿向黄渐变

就像初见
那天的云，那天的衣装
我全然忘却，除了你的眉眼

如水墨，在画布上生动落笔
又似一轮孤月，在明净的夜空升腾
瞬间，时间止步不前

心情渐变，思绪渐变
有谁在意这渐变的过程
是如何不动声色，藏起执念

倘若写你

倘若写你，就以晨曦为序
以暮云结尾可好

中间若是加上疾风的心事
是不是显得有张力

可我记得你喜欢直白
那就从你的眼眸写起可好

当我望向你
你也恰好望向我，慌张的心跳
穿越人群，如暖风拂过芽尖

一个人时，总想起你的眼眸
似明灯更似执念

那些无法言表的情义
如何结尾，也许唯有请岁月为笔
再把我的相思研进墨
一笔一画写成你

云 彩

似乎，只有每多见一次面
纠结的心事才会少一些

我诧异这样的反比
可终其却说不清缘由

在离别的分叉口
你说所有的相见都害怕离别
所有的未见都为等待下一次相见

可当我看着你的眼睛
我只记住了相见时
云彩在流转
悸动的心，填满了彩虹糖

写一首诗

一个人的时候，写一首诗
诗为谁而写
我想你也不可能看

那就不做修辞

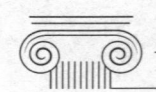

像不知名的树叶随处凌乱

似道旁的小野花肆意地开

里面还偷偷藏着你

找寻云朵开出的花

想说的 想哭的

多得像天上的云朵

那云朵

有的天蓝，有的粉红

有的镶着太阳的金色

我孤独落寞时

就想穿越云朵

去找寻

云朵开出的花

过 往

台风来临前

云层心事厚重

道旁的小草，晃动脑袋

丝毫不畏惧

接下来会发生的一切

就在前不久

它刚感知过，晚樱探出的花朵

以及晚霞抚过的暖流

我必须承认小草的淡定

以及花朵自开自落的洒脱

我总是提前焦虑

想用笔下的文字，留住过往

以及在心底空下位置的人

华夏诗会

写在母亲的遗言旁（组诗）

（天津）宋曙光

母亲生前留下遗言

母亲在世的时候
我感到安心、踏实，有主心骨
直到她已经年近九旬
我都没想过终会有一天
母亲会永远地离开我

秋天时，气温骤降
母亲交给我一个纸包
神态安然，让我拿回去存好
看不出有什么异样
纸包里是母亲的一帧照片
工作证和留给我的一封信
可是转过年来的春天
母亲突然走了，真的离我而去
纸包里的东西瞬间变成遗物
照片成了遗照
留言变成遗书

原来母亲早已有了预感

想她自己将不久于人世
于是便提前写好了想说的话
让我拿回家去以防万一
这让我痛心不已,大放悲声
母亲信中说,她辛苦了一辈子
不要再拉她去医院抢救
就让她平静地离别人世

母亲说,她的三个儿女
是她这一生的荣耀
她把自己的后事交代给我
是想让我放心,她已无牵挂
我想知道,母亲写这封信的时候
是在怎样的心情之下
有没有落泪,是否想到了
我们兄弟三个出生时
她分娩的痛苦与幸福

母亲的遗言写于三个月前
她的心情平静而从容
从那依然俊秀的笔迹能够看出
母亲的手不颤、字不抖
思路清晰一点儿不糊涂
这是她心地善良的体现
但我还是想要知道
母亲是从什么时候开始
有了这样的想法,我想说母亲
这封遗言您写早了

可是母亲已然听不到了
她留下的话,儿女一定会牢记

母亲仁义,没让儿女为难
是她帮着儿女尽了孝心
可我仍是后悔,不能原谅自己
因为我的母亲没了

流泪的母亲

母亲的眼泪曾为我而流
让我的内心骤起波澜
几十年光阴
很少见到流泪的母亲
不论生活如何艰辛
母亲总是坚忍面对
倒是我幼年时的哭啼
常常会牵动母亲的心

我长大成年,母亲却老了
她的一颗心忽然变得脆弱
经不起一点点的波折
受不得半点情感的打击
但她从不会在病痛面前落泪
她哽咽,还是为了儿女
操心甚至胜过我们的儿时

我能否像母亲当年
为我们揩拭委屈那样
也为她拂去晚年的泪水呢
我想能,却又不能
在母亲面前,我永远是个孩子
孩子能够体悟和体谅母亲的心吗

我想能，却仍旧不能

母亲的眼泪让我感伤
那是岁月结晶的疼爱
在儿女面前闪光
我的心感受到了一丝丝隐痛
已经年迈的母亲
是在用她那无声的泪水
传递给我一种深挚的爱

想起母亲的手

想起母亲的手，一双
从小拉扯我长大的手
可是我已经回忆不起当年
是怎样抓着母亲的手
爬行、走路、穿衣、吃饭
回忆不起母亲用一双手
是如何艰辛而耐心地
引我前行，教我成长
可我心中一直记着
每当有了化解不开的困扰
都是母亲给我以抚慰

母亲的手隐形在生活之中
在一日三餐的日子里
在岁月激荡的风雨中
平常感受不到这双手的存在
只有遇到困难和危难之时
才会感到母亲这双手

怎么会有如此的温暖和力量
可一旦失去了这双手
竟会像天将塌下一般
痛苦得如同失去引路的明灯

只是一瞬间，可怕而惊恐的
一瞬间啊，母亲的那双手
便无力地垂放了下来
变得苍白、僵硬、粗粝
突然之间便失去了
原先的柔软、温柔、细润
我握着的不再是熟悉的母亲的手
而是冰凉的一块冰
再怎么摇晃都不会回暖
不会再哄着我去买爱吃的水果
领着我们到影院看电影
到商场买过年的新衣裳

怎么突然间，想起母亲这双手
我想找回幼年时母亲抚摸的感觉
或是握一握那双已显苍老的手
没有机会了，再也回不到有母亲的年月
那双有体温的手留在了记忆中
我后悔，怎么就没有想到
经常去握一握母亲的手
这个想法让我溢出泪水
如果我握住了母亲的那双手
母亲会不会说：儿啊
你怎么还像一个长不大的孩子

关于母亲的回忆

从幼年起,我便有母亲的记忆
裹上一件小斗篷,被母亲抱着
赶赴一场晚间舞会
六十多年过去,我还记得
那是一座欧式建筑
每次途经都会让我想起母亲
曾经在这里留下旋舞的倩影
一支支舞曲踏着生活的节拍

我曾随母亲去粮店购粮
回来时她怀抱几十斤重的面口袋
中间至少要休息两次
才能抱回两层楼高的家中
从上小学开始,我学做家务
在母亲下班之前
我点上煤球炉子,用支炉烙饼

母亲是一位医护天使
穿了一辈子白大褂
从医院穿到工厂保健站
白日,她为车间工人看病
夜晚,为我们劳碌
准备三个孩子的吃、喝、穿
在15瓦的电灯泡下织毛线活儿
两支竹签在手中来回穿梭
那是盲织,在昏暗的灯光下
我记住了一幅母爱的剪影

那年,我想去当兵
体验军营生活,为了写诗
母亲竟然同意了,我深为感动
因为我弟弟已经入伍
两个儿子都去参军
她怎能放心,怎么能舍得
母亲心胸宽似大海
她能包容,而且超常坚韧
那留在股骨颈里的一颗钢钉
一直伴随她走向终年

母亲是一种岁月

母亲,您一定还会记得
我出生时的第一声啼哭
带给您初为人母的喜悦
可当您离去之时,怎么听不到
儿子为您送别的哭声
这不公平,那撕心裂肺的痛哭
带着割不断的胎音
您全然听不到了,亲生骨肉
眼睁睁唤不醒自己的母亲

一个新生,一个逝去
生与死怎会有如此巨大反差
一个人间,一个天堂
唯有亲情可以沟通、相连
整整六十二年光阴啊,我始终
在您的视线和呵护之下
承受您的慈母之爱,六十二年

我们心有灵犀，母子连心
血缘至亲是儿女的幸福之源

那天是个什么日子
空气冻凝，世间没有了生气
我跪倒在母亲床前
却看不到您那亲切的容颜
您这是想去哪里，怎么会忍心
丢下您的儿女，不顾身后
那六十多年的儿女亲情
亲爱的母亲，那一刻您好狠心

失去母亲那一瞬，我突然彻悟
此后我再没有了母亲的挂念
再也听不到"光儿"的呼唤
母亲从此不会出现在我晨起的床边
多么残酷，她的声音和身影
远行到了天堂之上，我只能
在梦中与母亲聚首相会
母亲，您什么时候还回人间

我们分别的这几年，母亲啊
所有的回忆都是碎片
拼接起来就是曾经的日子
有滋有味的光阴啊
缝合起来就是母亲的岁月
我还能还原一位心中的母亲吗
或许只有时光能冲淡记忆
岁月之河已将母爱镂刻为丰碑
母亲的目光凝固在岁月深处
伴随我走向生命的归程

写给母亲的诗

我写给母亲的诗
早在三十年前就已经动笔了
我始终记得开头的前几句
我是您的第一个乳儿
接生婆是成熟的秋风
您从此在这个世界上
有了血缘的至亲

但仅仅只是刚开了一个头
往下还没有写出来
那时候，我对母亲还不像现在
爱得心痛，爱得彻骨
又是三十年过去了
我依然没有写下去的勇气
我怕写不好我亲爱的母亲
表达不尽我心中的爱恋

儿子写母亲还用选择词藻吗
内心的情感不是倾泻而出的吗
直言为好、直接最亲、直白更真
唯有这样写母亲才能尽情
才能像平时与母亲说话一样
其实这更难，母亲的形象
就体现在平凡的日月里
任何雕琢、粉饰、拔高
都会减弱母亲的分量

现在，母亲走了
我对母亲的情感竟浓得化不开了
那是深深的思母之情啊
不分白天和黑夜
母亲的音容总是浮现在眼前
白天是和蔼的笑颜
夜晚有慈爱的话语

我可以写母亲了
将那首写给母亲的诗写完
然而，三十年前那首诗可以续写
思念之情却不会完结
我惭愧，写不出母亲全部的爱
一首诗又能有多大容量
能承载我对母亲的想念吗
能道出我失去母亲的悲痛吗
能还给我一个生我养我的母亲吗

我写给母亲的诗
继续沿用原先那个开头吧
就像母亲仍然活在我心中
没有离去、没有离去
一首诗接一首诗地写下去
没有收尾，没有结束
永远永远都不会写完

流淌的铜（组诗）

（江苏）龚金明

幸运之树

如果你足够细心，就会发现
再偏僻的村庄都有一棵
幸运之树
它春枝娇嫩，夏花绚烂
深秋后，所有的鸟都喜欢装饰
在它的枝头
这些会歌唱的叶花，不再凋零
一天中，有好几十次同时腾空而起
让冷风中的你，依然能看到
一树鲜花的反复怒放
让薄寒中的村庄，一年又一年
学习繁衍

流淌的铜

那是在山腰，我看到高处的云
抖动了一下，然后一潭幽深被
声音释放，漫下山来。

来到山顶，但见一口大钟，和
一根同样悬空的大柱。现在
它们静止，默对。只有系着的红绸带

轻盈欲试。

照例也要撞钟。我努力把钟杵
拉起,再拉起。
来自地心的引力绷紧了虚拟的弦。
猛力撞击的一瞬,发现钟
突然迎了上来,——与那次
在博物馆看到的一尊青铜面具一样。

这时,一个金属的声音
荡漾开来:
"知道了吧,所有被浇铸的铜,
都能流淌。"

简单的纪念碑

一个孩子,有时
也有立纪念碑的想法

纪念碑的分量
是长大后才知道的
后来,随着年龄增长越来越重

还是那时候好啊,给小鸟给小狗给
梦想都立过纪念碑
用一捧青草一支棒冰棍一枚硬币
就轻松完事了

更简单的纪念碑
是给离去的小雪堆了个雪人

阳光出来后,它流着泪
吧嗒吧嗒
就自己把自己埋了

水　袖

万千经纬,丝绸似水。
碎步惊梦,丝竹如诉。
一个午后,老园林愈加千回百转。

柔软中习得幽深、绵长。
也有几次,不经意间猛然甩出,
一下吞没纤手。似乎
突然长出了翅膀,想飞天。
似乎突然脱离了故事,想决堤,
顺便摄走谁的魂魄。

但慢慢,又一节一节吐了出来。
酥腕凝脂,水袖波平,
回到情节的双手,兰花芬芳。
那枚翘立的小指甲上,有泪光闪过。

线　条

晨光从格子窗抵达,
宣纸上线条流淌。有人
顺着线条,还在研读旧时山水。

午后,古镇茶馆,茶叶纷纷醒来。
用水墨和桑蚕滋养的线条,

被水磨的嗓音越捻越细，
丝竹婉转，百戏俯听。

傍晚，吴山温柔。完成
勾勒的线条，穿过老巷，回到
马头墙、石拱桥、紫藤架和
一张书桌，回到
台灯下玉琮的神人兽面上，
与一个彩绘脸谱上的线条
吻合。

深夜，线条隐去。
一根五千年的线条，
爱上了面具后的表情。

白　鹭

每天栖落于那片草地
它们像飘散的白玉兰
数量多的时候
又像初融的雪地

它们仪态轻盈
每一步小心翼翼，生怕踩碎了脚下的
土地，和谁的心
让我联想起
一个提着白裙子走过来的女孩

更多的时候
它们久久伫立

思考，恍惚，入定

它们终于习惯了人类的机械
围绕着犁地的轰鸣
灵巧地用喙在钢铁和泥土之间
反复缝合

而当小车驶过，它们
还会惊恐于这只不会跳跃的巨蛙
一齐用翅膀扑腾出
阵阵不安和寒意

视角和风景

远眺，鸟瞰，或像鱼一样
仰视哗哗摇晃的舟楫和苍天
就是在夜里，现在我们也能透视风景

惊蛰那天，雷又失约了
在同觉禅寺草地上，看
一群蚂蚁来去匆匆，它们继续保持缄默
用小触角作大指引

凝视太久，误入蚂蚁眼中的
风景。木鱼声不紧不慢，恍如
在另一个世界度

而脚下，那个低至尘埃的
视角里，一枝巨大的草茎正合着节奏
轻轻晃动

皂角花开（外四首）

（山东）王 勇

就这么松开了你的手
口朝故土
把背留给远山

艰难的一次瘦身
几粒还在观望，几粒即将成熟
先柔你的秀发
才肯说再见

滩 念

白浪，有典故
一层一层反卷，波纹里
抒写过往

鸥鸟每一次低空飞行
叼走多少画面，又送来多少信息
这些，都与她无关

她数着四季，每一片帆影
每一次澎湃
每一次思绪如风，流逝如云
她装得下高山流水，放不下那个模糊背影

白 露

再也不用掩饰寂寞，那些被漂白的表情
此时需要涂抹一层月光
方显远山倒置在水面上的抖动，是出于
　　逢迎季节

许诺，苍白
给你的手势，沦陷在颠倒的时间里

这一天，必定有个分界线
桥头和离开码头的船
你和我
夜晚的遥望，好像被谁拉近了距离

又好像没有感觉到你的存在
拉紧风衣的同时
一种寒冷，从头凉到脚

穿过雪的温柔，见一个人

不会轻易沽酒或者自饮，寻觅
那个倚栏的人。站老了一寸时光
河流流向他处
我的心声暂时没人听得懂

可以一隅作乐，在旧伤未愈的地方撒一把盐
这种痛，让人感应清醒

借一缕风，几片雪花言志

走走停停（组诗）

（北京）程立龙

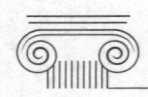

那单调的白，引发泪流
凝结成冰
堵在思绪的门口

一个单词蹦出，每每出口时哽咽
何必对谁谁说起此事
漫天飞雪
谁谁兴许在火炉边烘烤着自己的往事

我这冬天里的一把火，开出樱桃红
怒放，是心里的架构
应该不会犯哪家的王法，我才斗胆再想你一次

山林那么静

鸟语被云衔走，树荫处暂时的安宁
鱼儿学会了规避风险
早早沉入水底
叶子染上红尘的颜色，势必要归于土壤

老眼光看远方，不知山外有山
赶夕阳的马车，拉满日子
不肯甩响一记马鞭，怕抽疼了奔跑的马腿

随着时间一分一秒地分割
眼前是漫长的山路
身后还是

如果说一个人的世界，是一种境界
我记住了天边一道弧线，那是人生的生死线
概括了所有起起伏伏

车公庄大街8号

一个斜坡
把整个院子抬高了不少
进出的人和事
要么上坡要么下坡

中间的铁门又大又重
咣当声拉不动
东西两侧的门不大
开关都方便

门前立着的旗杆
像一根大针
缝合起大楼中间二十年的缝
留下六年密匝匝的针脚

我把十五年的风霜平摊在楼层
一层几年，一年几层
不像大街上的银杏
每年按时地黄成风景

无数次想爬上楼顶
站在离天空近点的地方

但通往天台的门
封闭了想象

楼道里的回声一直都在
深过也浅过
乍听都是往事
细听又构不成往事

车公庄大街 8 号
我工作过的地方
一个院子，一栋楼，一群人
一块地，一方石，一个人
胡杨树下

秋天的胡杨

像是穿着一身龙袍
投手举足
全是金光闪耀的圣旨

树干仿佛龙椅
端坐着威仪
我双手捧着朝圣的笏板
小心翼翼

额济纳阳光干净
天蓝得没有片言只语
当金色的雨点打在我身上
一定是风偷偷说话

胡杨树下
我只凝望不许愿
等着秋天
一片一片掉进我的眼里

怪树林

怪树林并不怪
胡杨的骨头散落一地
像某个战场的遗址

往事无法辨识
谁是擎旗的英雄
三千年沧桑
都是为了给秋天定义

黄沙只覆盖黄沙
不埋葬岁月
沙漠里的墓地
天高过天

胡杨倒下的地方
我们需要站立
不为凭吊
只为把自己站成一块碑

如果将来
我能留下一根骨头
希望埋在这里
埋在，秋天以外

黄山迎客松

像飞机舱门前的空姐
微微张开手臂
高挑的热情
轻托云山雾海

在山脚下仰望
她的笑容离天空很近
离地面很远
只是没高过天都峰光明顶
也触摸不到人间烟火

千年的高度
只拥抱有高度的人

我不善向上攀爬
如果夜色正好
我想把整座山抱起来
包括这棵树

高高的千岛湖水

夜色模糊山和水的逻辑关系
白天被山托举起的湖水
此刻正漫过山巅

长在水里的山从不缺水
长着山的水有无数的根
水面有一千个遐想
水下便有一万个沉思

坐在高高的湖水里
我仿佛看到了海
那些岛礁
像是年轻时散落的故事

如果把一湖碧波舀干
这里一定是
群山巍峨

在婺源，我忘了冬天

北方已是严冬
婺源的秋色正浓

层层叠叠的梯田
把秋天往上抬了又抬
色彩依旧缤纷
许多树叶还在枝头叽叽喳喳

分明是冬天
分明是秋天

有时简单的行走
能走出不一样的季节

我不懂跨季
只知道北京很冷
但在婺源
我忘记了还有冬天

我的大海（组诗）

（陕西）闫太安

从大海上回来

我丢掉了渔网
丢掉了渔网中捞起来的海水
丢掉了那块在岸边
据说是美人鱼变成的礁石
丢掉了椰树林，芒果丛和热带植物
只带回清凉的海风，热情的海浪

从大海上回来
我的胸中有了翻滚的雨水
霹雳的闪电，碧波和微澜
有了牵牛星与织女星长久的凝望
有了神话的美好传说

从大海上回来
我整个人都变了
海风把我心里的苦衷
吹成了盐巴

从大海上回来，我空无一物
只带回一个急速晃动的深渊
一些蓝色的忧郁和空虚

从大海上回来
春天来了，桃花也开了

我的大海

我的大海是树上的一片绿叶
一朵鲜花一只白鸽
一滴眼泪一根银丝
一颗相思的心，一句问候的话
一抹错过的眼神
一枚掉落的叹息

我的大海丢失了无数
如今，只剩下黑夜甜蜜的床笫
成为我知心的朋友

我就是我自己的海

当我把波涛和鱼群
海风与帆船，收回我的胸膛
我就是我自己
掌管着柔情与烈火的海

但是，请原谅我吧！大海
我只是一滴被太阳蒸发了的水
被一株谷子，一颗苹果吸收了的水
被黑夜风干了的黑，被虫鸣吃掉了的虫

在海滩上，我捡回了自己

在海滩上，一枚贝壳把它的无奈
搁置在人流出没的地方
有意露出外壳上阳光的亮度
与海浪排列有序的纹理
实际上壳内空无一物
曾经拥有的珍珠被海水洗劫一空
就连那面对海浪的最后一丝勇气也渐次散尽
只留下那少许斑驳的花纹和狭小的空隙
还在假装自己怀里有一个大海
和一面在海风中鼓满的帆

在海滩上，我捡回了自己
——一个有花纹的贝壳
和一声有花纹的叹息

海边的礁石

他也是一个爱好在海风中矗立的人
一个习惯了大风大浪，懂得抚慰
　浪花与游鱼的人
一个心里装着无边苦水绝不吐出来的人
一个肌肉丰满，青筋突出，怀有
　日出与晨曦的人
一个手握渔具，默然不动，垂钓皓月的人
一个撞了南墙开始反思的人
他的一生没有大名，小名叫闫太安

大海只有一个水罐

她（大海），是一个泪水过旺的女人
她一直在哭，实际上是小溪、河流、
　大江在哭
天上的雨水，我绵软的心房和石头崩溃的
　裂缝在哭

她喜欢用自己的泪水大胆的养殖
养虎，养河马，鲸鱼
螃蟹，乌龟，海鸟和贝壳
养各种各样的海潮，浪花和云朵
轮船，航海家，水手与渔民

她没有手，以风为手，抚慰一切
没有口，以浪为口，叙述所有
没有牙，以水为牙，吞没一切
没有眼睛，也不认识他人和道路，
更不明白自己长什么模样？
对待帝王和凡人一模一样
可她（大海）——母亲
有唯一的一只"水罐"
是和我告别的仅有的礼物

我将永恒醉倒在它的里面
以睡梦的方式占有它
获得自己的血液与胸部
我必将在那里得到飞升的翅膀，
诗句，启示和预言

鸟鸣和湖（组诗）

（江苏） 阿依古丽

鸟鸣是一些不愿落下来的雨
——致叶芝

坐在湖边
翻一本书
你喜欢书中那个百年前的诗人
胜过此刻的自己
两个孤独的人在书中
相遇了还是孤独
在诗留下的世界里
你一遍遍地读他
走向他
看他如何在时光里
在爱尔兰乡间的薄暮中转身
回到凯尔特的曙光

一个多么纯粹的男人
一生被一份感情缠绕
到老还耿耿于怀
那个女人是他的魔咒
他像魔术师玩味着她
耗尽一生钻她的火圈
心甘情愿
最后心碎

已经伤痕累累
到老也没有离开
单相思的符咒
这真是一个奇迹
诗歌修复了他
为他架起流放的天梯
在诗中让他永恒

阅读真是一件奇妙的事情
水鸟一样的男人
在他的天空
鸟鸣是一些不愿落下来的雨
停在湖心岛上
相遇了还是孤独
不如远远地目送
另一个孤独的人
上路

湖水把我带向你的深处

从美术馆出来
我沿着湖岸
一路走在浪花激荡的
谁的梦里
我走向你
不，我其实在你的反向

你坐在不远处的草地上
抽烟，你一串串地吐着烟圈
你是谁？我叫不出你的名字

或者我根本不认识你
你做什么工作，家中有谁
和你谈一谈天气吧
哦，算了吧

我走在你前面
在一些想法中扔着滚烫的石子
如果砸痛了自己，我却说不痛
那就对了

你还是个孩子
把春天打翻在地
然后运走
多么合乎情理

走向你
是我一瞬间的想法
心里一直在想
如果这片湖水允许
那片云彩也会伸出手来
温暖地拥抱我吗
这可不一定

如果你足够陌生
我多么想
在一个陌生的泊岸上落脚
踩着那个独木桩
翅膀拍打着湖水

走在湖岸上

这里的一切我多么熟悉
此刻正好是下午两点
我们的对话还可以继续

我的生活中
早已没有时间的概念
我好像一直在浪费着什么
包括时间
可时间崇拜语言
为诗人加冕
在值得浪费的事情上
我从来都毫不吝啬
那就让我再浪费一个下午
我只想你——

一个亲爱的陌生的孩子

我并不想知道
你为什么坐在这里，那么久
你坐在草地上想什么
天空中飞过的白鹭不认识你
树林里觅食的野鸽子不认识你
蝴蝶啊，蜻蜓啊，都不认识你
你身旁那些花花草草更不认识你
我也不认识你
我为什么要关心你

你在想一个女人吗
哦，那一定不是我
我们那么陌生

我们没有火花
我从来都没有说
——我爱你
不，我爱你的此时此刻
爱你递给我一张白纸让我写
我不知道会写下什么
只想在湖岸上毫不抵抗的
让湖水把我带向你的深处

啊，湖水那么蓝
油彩一样泼向依旧陌生的你

打开你

那么光亮的封面
黑色漆光封面上有你
我捧起你
双手捧着
走到洒满阳光的窗口
端详你

你从一本相册上
俏皮地看我
你看我的眼神
正如我看你的一样
很高兴我还能够
再次看到你
我吻你时
也像是你在吻我
我说过年了来看你

你却一句话也说不出
永远也说不出
我不怨你
我已经习惯了这样的沉默
我的世界一半沉默一半喧哗
已经习惯了

这时阳光也进来
从一页一页高光相纸上进来
在你脸上你的胸口上弹去灰尘
我一个一个地看你
一个我在你面前看你
另一个我在你身后看你
我分别从不同的世界来看你
一个一个的你不同姿势的你摩登的你
　穿时装的你穿和服的你
全都站到我面前
是不是来给我拜年了
哦，谢谢你

窗外不知谁家
放起喜庆的鞭炮
烟花满天
像你在说话
粗嗓子大喇叭热热闹闹
你在给我说——新年好

若干年后
再也不会有人记起你
没有人来看护你

没有人再像我一样
写你想你心疼你
就让这首诗抱紧你
让读到这首诗的人
想着你

我反复擦拭一只空瓶

她躺在一些细碎的玫瑰花瓣上面
眼睛那么亮
一直醒着

是一盏玫瑰灯盏
晨光点亮她
用一双古老的的手

于是,她回来了
推门进来望着我笑
古荆藤做的灯芯上
她从冰雪中回来
从天边外回来

是太阳在梅雨背后的天上亮起来
是月亮在黑幕中播撒香草种子和
我日日渴盼的白马红马一起来

我看见了
仿佛神思捕捉到又一个惊喜
原来她是比亚兹莱异色世界中的某一部分
丰润的乳房是两个奢华的金冠

正在献给这位早逝的天才
她的手在我的心上
她的脸埋进他的胸口
爱情正在此刻乍现

她该是一位幸福的人
和我一起在这个残缺的世界中
走了这么久

我不怪她
我多么感激她
是她让我看见——
一个孩子胸口永远亮着的灯和
一朵刚刚从睡梦中醒来的绣球花

瞧,雍容的绣球花
在空瓶子里不停地滚动
胖身体像正在厨房里忙碌的
穿雕花长裙的妈妈
在她肚脐眼上爬行的蝎子
宝蓝色的眼珠子在望向
正在擦拭着它的孤独

不
是一位女人
在晨光中
反复擦拭一只空瓶子
酒喝完了
酒还在

迎　春（外五首）

（河北）　薛茫茫

打开一片嫩黄的花瓣
打开一百双金色的翅膀
用一万朵小红花
澎湃少年的心房
青春正在路上

用东风置换北风
用溪水淌过厚结的冰
用青涩桃蕾置换枯裂的枝桠
用蓬勃遮挡萎缩
用高处的葱郁覆盖
低处的衰零

针叶的影子
冬天青
春天也青

一月的麦田

在日行八万里的冬眠中醒来
松动一下紧皱的筋骨
一万颗沙粒间
涌起春风。一片叶芽
眨了眨眼睛，被曦光蘸取薄薄的
新绿，扫描进透明的
春晖图

一声鸟鸣从空枝上
漫下来，衔起最低处的音符
扬起高高的清脆
挂向云中

一月的麦田
背着一只姜黄色的蛹
慢慢舒展彩蝶的薄翼
内心的梦
已谱成春日的潮声

我有一江春水的诉说

我把汩汩的诉说漫过沙粒
漫过草根，漫过一朵枯萎的云

我不懂沙的沉重，所以面带轻笑
那些浮飘的往事已淡漠了踪影
再不能触动心头一丝涟漪

我不知根的苦涩，所以语气轻甜
那些柔情蜜意，再也沉不到地层深处

那朵云的繁盛已被风吹散
枯涩的目光蜷缩在天涯尽头
看不懂一朵春花的娇艳

我站在向阳的山坡上
看那些折叠的花瓣，一边繁复
一边向一江春水，诉说着
凋零与重生

盛暑的青瓷

草，吮吸着最稠的流汁
一朵花竭力绽放

从地层深处走来
一路升腾，喧沸，蓬飘
用最猛的火最烈的光最强的力
烧制一洼青瓷

谁，正躁气萌动
随蝉声起伏
谁，已被清泉流淌
暑气全消

每一片叶的翻涌
每一丝睫毛的眨动
都被一支燃着火焰的笔
在"太空陶"的内壁
留下浮影

去有风的地方

去林间小径上走一走
衣袖，被拂起或不拂起
风不在意
你就不要在意

风吹起水波
用褶皱压缩一些踌躇的过往
然后又抚平一些无序的烦恼
故事一层层折叠
又一波波舒展
从满腹辛酸到滴泪全无

星光看见了一张白纸
在无字的风中飘浮不定

望　春

梅花含在雪中。漂白的心
向大地回望，驿站
在柳枝上摇荡。天空盘旋
那一粒一粒的细沙无比晶莹

背双肩包的少年目光充盈
停顿的每一个瞬间都闪过光亮
蔓延的枝蔓悬于星空
一窗霜花飘过吊兰高高的眼神

分水岭（外四首）

（福建）远　山

多少年了。南坡的国槐、乌饭子
从小树已长成大树
北岭的蓝莓、桑葚，也是摘了一波又一波

可怜我，这一满头银发
却始终
没有复原的迹象

哦，我的大春哥！
山上的不平、意外如此之多
你若上山，请等下雪的日子来

门　前

在山区，门前大概率会成为农具集结地
它们不曾有过门庭若市的体验

那些起早贪黑挣来的晨露与晚霞
被用于兑换孩子求学的盘缠

与爱字有关的动词，在迤逦小道
倔强，如脚板蹂躏后奋力抬头的小草

这一刀一锄一撇一捺，仿佛是
专为荒寂开路的

放生池

一部经书，以涟漪的方式
翻开章节

出世。入世。络绎不绝
从菩提树叶滴落的，是积攒千年的慈悲
倒影掩映下
有疤痕，隐隐作痛

天上有飞鸟，地下有蠕虫
深山，云牵雾绕
池中的水族，已饱读上中下三卷经文
仍无法游离
——这方寸之地

泛黄的叮咛

乡愁，一旦定格成长短句
就坐实了风口。几十年了，依然
嗅不出霉味——

你说，哪里的月亮，都会有圆也有缺
要学会
与一枝桂换位思考

你说，这汗水一旦熬出盐分

满是褶皱的初春
（组诗）

（河南）薄　暮

再苦再累的日子，就有了
复活的基因……

父亲。你已应聘到天国画坊
这些泛黄的叮咛，当请
谁来装裱

站在高岗上

山那边，一定聚集着
难舍难分的人。我站在高岗上
听几只俏皮的山鸟低吟浅唱
看一轮旭日冉冉升起

我试着，把南坡的野菊叫流年
把北岭的红枫叫曾经
把旭日要去的地方叫未来

而旭日
是踩着黎明的肩膀上来的
寒蝉也是，凭秋的余韵一路叫喊

我带上括弧，标注人生
在这熙熙攘攘的午后
竟也无人认领
找不到下山的路

骑行者

暴雪将至，天幕低垂
街道整洁、明亮、安静
行人很少，一辆自行车从身边
经过，带来满是褶皱的初春
仿佛正研磨另一场雪

骑行的姿势如同准备一次飞翔
双肩包随时随地长出翅膀
平日仓皇、嘈杂的早晨
此刻井然有序
他一个人在慢车道上风起云涌
我似乎永远不能超越——
跟他走吧
愿暴雪是一枚花萼
愿他是怒放的花冠，高举春天
在峡谷般的人群中
一棵接一棵，点燃绿色火焰

子 夜

此刻，整个郑州只有这一段东风渠
是荒凉的。一个钓鱼人，面朝星河

左边，早已没有春天
一遍遍追撵高铁的惶急

右前不远处，偶尔传来大风
和京港澳高速夹痛时间的呼啸

一只流浪狗在桥边，嗅一下河水
又嗅一下树林。径直走向我

脱口向那个钓鱼人求救
突然找不到声音的鞋子

它只是在我颤抖的腿边
慢慢卧下

每一场雪都隐含欢喜

一场大雪，把我送回一条船中
还需要虚构另一个人吗
长街上，路灯近似渔火
并不意味着可以温一壶酒
邀请自己。此刻的沉吟
不同于雨夜
每一场雪都隐含欢喜

不出声只是企图独享这片美好
连自己也不能告知
我的呼吸更接近芦苇
雪不是无声，它就是寂静
子夜是一支称手的钓竿
黎明，那船上只有灯，不见人

最后的冬雨

整个冬天，今早的雨最是清脆
没有下在池塘里、窗玻璃上
也不在雨伞上。只在
一些背影里

每一滴，磬声般弹跳
风把自己揉成一团麻
并不乱，抖一下，就散做一炷香

砚台上常有云脚，宜用羊毫
写大一点的字，让瓦檐边的雨滴
看见，琅琅地读出声来

纸上的大雪

就那样印在纸上：今日大雪
不由得望一眼天空
阳光灿烂
突然觉得这是一件美好的事情
人世晴朗，只有我知道

帕斯卡尔的玩笑
（外五首）

（浙江）麦 须

哪里正大雪纷飞
光明与洁白彼此融化
时间慢慢开花。旁边的脚印
一圈一圈的脚印
我刚刚踩下的。像一种避难所

像万物一样安静下来

再没有什么可以凋零
昨日大寒，一切都很平静
它不过是一种时间

没有开头，没有结尾
我能取回其中的一段吗
像提一桶水，走过词汇贫乏的慢坡

今早天空低得几乎压弯樱桃树
春天还很远，冬芽却颗粒饱满
似乎被北风一点一点旋成

但它们鼓舞了我
如果把风想得更有耐心一些
如果把云层想象为正在完成的生活

没有一种时间是重要的
当我像万物一样安静下来，倾听
地下的呼吸

作为一根苇草
我想我可以偶尔停止思考
因为我只是一根苇草
但我这么想的时候
我还是没停下来

而作为思想者
我想我可以把自己从苇草中剔除
因为我是一个思想者
但我这么想的时候
苇草正在变白

那么多会思考的苇草思考着
苇草的事，那么多的
苇草因为思考而变得更像苇草
这一大片的白啊
始终映衬着一切可至之物

雨

如果在地球以外的某处
观察一场雨（比如韦伯望远镜）

应该能得出物理学范畴的
观感，引力作用与水的

内部运转，如果
从植物的生长角度考虑
这无疑是生命的馈赠
但如果能透过一条鱼的眼睛

那必定是来自于异世界的
涟漪，某种梦境
也可能是浮于致命的危险
而我，把手伸出窗外

是为了确定戴草帽还是戴斗笠
背唐诗还是读老子
或是端一杯茶
遥想某个夜里隐约的琴声

只是雨仍是雨，它并不包含
我说出的和没说出的
它只是下着它的下
甚至——它从来都没有下过

林中小屋

那样的日子
闭着眼睛，听着窗外的鸟鸣
小号的锐角，釉质的水
微距拍摄的塔尖
露珠的阴影

但还有什么，我不清楚
他们不倦的白昼
我闭着眼睛
世界仍在四处游荡
戴着鸟的脚环

而你知道，草地和白云
是同一种东西
黄昏和黎明只隔着一面镜子
我在林中建造的小屋
曾有不同颜色的旅人造访

别试着叫醒我
那样的日子，不要把灯带进
我的黑夜，我依然醒着
沉睡是我的意义
请你摘下，最后的那串鸟鸣

关于世界

几分钟前，当我刚开始思考
从此刻算起，我用了多久才抵达这里
我想起了五十年前我并没有
看到过的情形：

我大眼睛的少年，更早的
粘着胎垢的脑门握不成拳的手
我的先后长出的毛发
刚落地就已长出老茧的细嫩双脚

每一个器官，我坠鸟般的念头
躁动的清晨，铁锈味的
呼吸，风绕过我填满的我的身后
我以为我改变过的我

我在这里是这个世界的本来面目
我所有的失败或是成功
你知道，它们仍是原本的模样
我并没有改变任何事物

而我不能离开我，如同我
不能离开这个世界
头顶上颤动的电线，暮色中灰之上的蓝
那是我们唯一可以讨论的话题

中巴车里

半躺在一辆
中巴车的尾部
扣着安全带，椅子很舒适
看着遮挡着视线的颤动着的车顶、椅背
想着外面不停移动的世界
像是黑暗中被卷起的泥土
像是被摊开的我

最前面那人是谁
他可以看到我看不到的那些东西
晃动或是固定的方向盘
拉着横幅的奇怪男子
车窗外的雨和黑夜的片段

但现在，他闭上了眼睛
前方一片漆黑

命　题

每一天，我都会走很多路
很远，一直如此
就像推着石头的某人
命中注定的事

譬如阅读，每一种阅读
寂静和旋律
风搅起的力场
叶尖遮挡的光所包含的内容

那些路并不崎岖
它们只是生长，跟着脚步
甚至是原点，原点生出的原点
而我能感知的，只是感知

也如写作，揣度语言的形状
脚或者笔，来自于思维
内部，在自己体内的行走
是行走还是行走本身，无法确定

而终点，或者并非终点
那些我走过的路，在语言里
保留着不可述的部分
是关于我的命题中最重要的部分

琴弦上升起的月
（外四首）

（黑龙江）雨中的吉他

弹完最后一个音符，缺了半块的月亮
从他的吉他弦上，缓缓
升上秋空

曲子不圆，月
也难圆，他把心绪弹给
远方的人看

南国到北疆，一个夜
倚着榕树望向空中，她的眸子里
半块月，昏黄

那一年的中秋

榕树遮盖了珠江岸，月光
自枝桠流下。坐在椅子上
一个人，摆弄散乱的孤影

思念，被南国
揉碎在，九月
我与母亲，相隔千万里

那一年中秋节，黑龙江的浪涛
唤我无数次，而我
仍然，没回家

蟋蟀的歌

从草绿，一直
唱到草黄，蟋蟀的歌
将三个季节的雷声与雨水，装入
褐色的魂

如今，它攀上一株
枯萎的枝叶，停了唱
捡一缕光，围在
自己的头顶

秋阳，依旧温暖
但风的言谈，将初冬的寒
抹在，云的衣襟
蟋蟀挺身，把歌从喉咙里扯出来

蛉的哀愁

那只蛉蹲在一株草叶上，看到
草尖黄了，瘦弱的秋
滚入，它的眼里

它关闭了嗓音，突来的静
从耳畔，绕进心底
所有脉络，被冷风鼓荡

凄凉，裹着它
什么都不是自己的，只有唱过的歌
刻在九月的魂中

低头的穗子

爷爷，不会低头
差一点，遗传的基因
被淘汰

父亲学会了隐，将高傲折叠
九月，把穗子
向土地，沉了沉

当秋天，将熟透的色彩
涂抹给我
九十度弯腰，我
面部朝下

这落花的人间
（组诗）

（宁夏）查文瑾

牧　人

像无数匹毛色纯白的家伙
那些云散着，淡着，闲庭信步或者信马由缰
聚在一起它们可能是场好雨
散开了它们是天女刚刚搭好的花房
如果它们继续朝着我身后的蓝天驰骋而去
那它们也一定是从我的内心奔腾而出的
只是除了过往的风，没有人关心的是
这个时候，西山里的神和我
其实更像两个打马草原的牧人
怀着某种悲壮，我们聊着某个幸福的远方

银的川

今夜，雪的花
落满银的川
今夜，能说出来的
都不算作美
赶在年前回乡的人
一定听说了
这场风花雪月

今夜，错过的美
可不可以
都叫做故乡

我家旁边的幼儿园

我家旁边是幼儿园
幼儿园的院子里有两棵老槐树
花香弥漫的时候我说不上最爱谁
我知道，叶子落尽之后
我更爱有鸟窝的那一棵

只和天空相看两不厌

有时候
我空空地望着天
什么都不拍
天空空地罩着我
什么都不说
我们好像在等几只雨前燕
说着世界这么大
屋檐这么小
说着世界这么大
相看两不厌

捕　捉

我怎么拍
都拍不好小院里

一簇稍高于脚脖子的毛莠莠草
直到单膝跪地
才将它们此生
最骄傲的一瞬定格

这不怀好意的春天

阳光那么好
那棵开满花的杏树
连阴影也那么好
走近了才看清
这好看的阴影里躺着个白色编制袋
收紧口的编制袋里
两只大公鸡露着头
用它们血红色的大冠子
打量着这落花的人间

最后的一首自由诗

写了这么多年诗
其实有时候
站在风里不说话
才更像是一首诗
比如正午的阳光
提笔把我的影子写在了大地上
南来北往的风
把她诵了又诵读了又读
就像她是这世上
最后的一首自由诗

西极：帕米尔高原

（组诗）

（新疆）赵香城

帕米尔的鼓声是雄性的

帕米尔的鼓声，有太阳的光泽
一声声，如火的日光荡漾
慕士塔格峰的胸口，有鼓声的回音

高原之鼓！是太阳的籽实
世世代代，在鹰族中繁衍
鼓声，是太阳部落华丽的襁褓

婚礼上的鼓声，是甜蜜的纽带
两颗年轻的心，畅饮鼓声的清泉
红裙一闪中，万山沉醉

笛声缠绵着鼓声，鼓声更脆
肖贡巴哈尔节的赛马场上
蹄声踏着鼓声，顿时春光四溅

帕米尔的鼓声是雄性的
当塔吉克男子古力巴依敲响手鼓
我听见帕米尔拔节，长高

盘龙古道畅想

分明是你的车停下未动
分明是盘龙在游弋，在奔跑
帕米尔高原上，一条古道系着神话

分明是你的车被风声滞留
分明是盘龙贴地而起，在半空嘶叫
帕米尔高原上，一条古道长出传奇

分明是你走过太多的直路
今天才让你走一走险峻的弯道
帕米尔高原上，一条古道教你怎样生活

分明是你的履历过于平淡
今天才让你体味险途的风光无限
帕米尔高原上，盘龙古道暗示你一些什么

你只管欣赏一路风景
你只管惊羡满坡满谷摇曳的花朵
在盘龙的脊骨上，你收获了神之力

在帕米尔，雄鹰驾驭着湛蓝天空
在帕米尔，盘龙驾驭着高山湖泊
在命运的大道，你驾驭着什么

与一条河握手

在帕米尔
与一条河握手，倍感亲切

这条河，清纯、温润、透彻、雪亮
只握一次，便不会忘记

握紧这条河的激浪
似乎触到了
塔吉克男子的胸膛
轻握这条河的水花
好像抚摸着
塔吉克少女的笑声

清晨，我与这条河用力的一握
牦牛群的蹄声
就踏得河水浪花飞溅
夕阳下，我与这条河温存的一握
牛羊归圈了
放牧女子的手镯
闪亮了黄昏

有多少情歌流进这条河
有多少山鹰迷恋这条河
有多少笛声汇进这条河
有多少花香弥漫这条河

与这条河握一握手吧
帕米尔的青稞美酒
让你一生手有余香
与这条河紧紧相握吧
这支帕米尔悠长而清亮的鹰笛
永远吹奏，在你的心头

这条河，有一个美丽而刚毅
的名字——塔什库尔干河

鹰　笛

在帕米尔
塔吉克男子的手
粗大、灵动而又有巧力
他们在鹰的一节翅骨上
凿下三眼圆孔
便制成了一支梦想飞翔的鹰笛

一位塔吉克男子
因拥有一支鹰笛而心游万仞
鹰飞的高度
正是他们神往的高度
鹰飞的姿态
恰是他们心飞的姿态

当他们沾满青稞酒的唇贴
近笛孔，一股股振翅之风
一柱柱拍天之流，就从笛孔中
激越地溢出。刹时，高亢嘹亮的
笛声盘旋于天空

这鹰笛不是想得到就能得到的
它是家中的宝物，传给家族中
最勇敢的人。你拥有了它
就拥有了护佑帕米尔的精灵
你就是鹰的传人

做一个手握鹰笛的人是幸福的
做一个吹奏鹰笛的人是挺俊的
当塔吉克婚礼上红绸闪动
笛声中，流淌帕米尔酿造的蜜

塔合曼草原

七月，我像一只牧羊犬
静静地趴在塔合曼草原
嗅着花，用舌头舔一颗露珠
伸出爪子，折下一片草叶
咀嚼着草原上牦牛的气息

我抬头望了望
近得不能再近的慕士塔格峰
心中暗想，这塔合曼草原
像是冰山之父的大氅
惊艳，华美
让到过这里的人
恨不得再生出一双眼睛

稍远一点点
就是公格尔峰、公格尔九别峰
由雪峰护佑的塔合曼草原
常常幸福得
捧出高原上最美的花儿
为雪山大氅缝制绝世的金边

恍惚间，我看见慕士塔格峰
向我招手
我急切地向雪峰跑去
漫野的花也撒欢地跑了起来
它们要扑进雪山的怀抱
在慕士塔格峰的身上
缝满塔合曼无言的缱绻

写诗的感觉（组诗）

（安徽）徐春芳

写诗的感觉

雪后，风开始动了
梅花上阳光在灼烧
长着角的兔子
在我脚下奔跑

林中的美人
踏雪无痕
你看到的背影
孤寂无尽

词语用光了子弹
留下空荡荡的山峰
一只鸟的聋哑
杀死了春天

诗打开锦绣河山
高卧着我的思想
幸福穿上了新装
想要的日子，是面包
蘸上一片做梦的月光

论背叛

人生，多少相识
大梦一场
初见，月光晶莹如雪
填满了春风和洞穴

夕阳在我脸上，像创口贴
找到隐秘的疼痛
人心，没有雷达可以识别

平原里隐藏了多少丘壑
笑容里潜藏的刀锋
割伤了灵魂，猝不及防

美梦有几多高潮，孤寂有几克
你的快乐显现在底片上
带着我远离湿漉漉的幽灵船

光阴只留下一汪沉默树影
盐与糖的味道在我舌间
嗡鸣着戏剧的尾声

论寂寞

眼前，寂寞下起了雨
红色的花瓣唱着歌曲

雨水给树木来了一次大清洗

丢魂的鸟用头撞向天空
你的心里，有条黑黝黝的海沟
深与浅，没有人知道

梦想积下了太多的枯枝败叶
所有的梦想都扬着破帆
驶向陌生和风暴的世界
没有祈祷被听到
上帝的耳朵
是一只空荡荡的鸟巢

那些日子，只有月光寒冷如刀
切割着无尽的寂寞和哀嚎
我的追求是一只小蜜蜂
撞上了透明的玻璃窗

醒来，遗忘在给谎言疗伤
日光照在身上，有点痒
阳光抚摸我，有你手指的温柔！
俗世有荆棘，刺痛了我的脚步

在梦里，美人的发髻上
一朵梅花，盛开着高潮后的喜悦

论心经

你没看到那朵花时，花是不存在的
你没有从梦里醒来，花在那盛开着

薛定谔说，猫既活又死

科幻小说里，我们可以随时时空旅行

镜子里，你可以一会青春无限
一转眼就皱纹满脸

风在花间吹着
是谁送来了花季雨季？

蝴蝶对视着庄周——
谁是谁的骰子，谁在谁的梦里？

在平庸的日子里，如何检测生活的
含金量，含糖量，含月光量？

那些压缩并卷起来的时空
我们是试图翻越的小蚂蚁

有与无，生与死，爱与恨……
我们眼里的，都是相对的

我们看到的，都是时光荡漾
的泡影，的确测不准

我要乘时光机返老还童
仔细欣赏宇宙大爆炸

也许心可以逃离
黑洞的吞噬，成为一棵开花的树

论多样性

诗意的栖居具有铁罐子的单一性
人看不到的东西具有不存在性
如上帝、鬼神和前世今生
夕阳的睫毛眨着曲线性
春来草自青，山河展开了自然性
过去的总范围不仅仅是概念性
流言被历史添加了不朽性
人是全体器官运作的统一性加上心灵性
生命是死亡的提线木偶
生命的燃烧点亮了秘密性
年龄和面容的尺度测量出眼睛的抽象性
爱人的话语散发出可口性和诱惑性
爱摒弃那些程序性
你不要在幸福的乐章里自寻烦恼
他人的表演在戏台上勾勒出背景性
活着的每一个瞬间闪耀着相似性
回忆在延展性里浸泡着
几朵没有枯萎的梅花、梨花和杏花
高潮在你找不到的经验里到来
如黄昏拉开天空辉煌地降临

苗乡十月（外二首）

（贵州）杨应光

炊烟，树枝与火种结合生出的精灵
一袭紫衣妙曼的身材袅袅娜娜
在清晨，在吊脚木楼上空
迈着轻盈的舞步，莞尔一笑，可人至极

苗乡十月的清晨
空气弥漫着稻香的味道
乡村的道路上再见不了牛屎与牛壳屎虫
繁忙的农民手持镰刀，刀亲吻稻草
打谷机在田间突突轰响
所有的谷粒在想念了一个夏天后
在秋天的谷桶里相拥着诉说爱慕之情
她们已经丰腴饱满，期待花烛之夜

十月，苗乡要过年，汉人春节一样
家家户户杀猪宰鸡鸭庆祝丰盛
糯米饭和米酒醇香，坨坨肉祭祀先祖
香烛烟子袅娜，带先祖从远古走来
带着成熟的粮食回归中原，先祖分享幸福
长桌宴总是在酒醉之后，必有祝福歌声
爱情的调子也不时重温，却异常庄重
酒歌满是丰足日子的喜悦与丰盛接待的感谢

苗乡的十月
几千年前的美梦
总被米酒和芦笙与真诚灌醉

鼓藏节

那个老人藏在鼓里
藏了几千年
在苗乡，他每十三年受邀出来
享受子孙供奉，大食一餐
与子孙们吹笙跳舞九天之后
又要回去，十三年后再出来
如此往返，如此受子孙敬仰

那个老人叫蚩尤，或者姜央
跟着他的，都是他的子嗣
大家都一起成了苗族的祖先
一起商量，如何庇佑子孙
繁荣，富裕，和平安

受先祖的庇佑，苗族的子子孙孙
勤劳而勇敢，诚信而热情
他们开山垦田，筑堰开渠
孕育了一代又一代的子嗣
从春天，故乡泥土被犁耙翻了又翻
麦芽的破土被寄上希望
在十月，在金黄的风吹遍的山野
每一粒米粒都浸润着辛勤的汗水
每一滴汗水都充满着美好的憧憬
谷仓被稻粒挤满，喜悦被暴涨

蚩尤或者姜央，他们得出来看看
看看他们的子嗣所获得的丰收
他们住在鼓里，却不被蒙在鼓里
子嗣点燃香烛唤醒时空的穿越
或杀牛或杀猪宰鸡鸭鱼
那是带给蝴蝶妈妈的信物
蝴蝶妈妈感受到了这份虔诚
当即给予了子嗣们以许诺
赐予吉祥与平安，富裕与繁荣
如蝴蝶飘飘，满天彩虹，以及快乐

平安降临万户，欢腾的苗寨
吹起芦笙，祭祀神鼓

四乡八寨共庆祝，爆竹喧天
芦笙阵阵，响彻云霄
起鼓场上，银角闪闪，欢声笑语
吊脚楼里，酒歌飞扬
十三年轮才有一次的聚首
执手相看，泪眼婆娑，一再叮嘱
先珍惜今天，十三年后再续缘

爱情在十月瓜熟蒂落

苗乡的十月
跟着岁月一起成熟的，不只是稻米
还有爱情，一起从春天播种
春天的山野，风要踏青
映山红嗅出了爱情的烂漫红遍山野
勤劳的蜜蜂被爱之信息激动得满天飞舞
年轻的男孩女孩要爬坡了
这是情歌流溢的季节，爱情疯狂成长的季节
相互的不期而遇，都是山歌架起的桥
成双成对者被所有人的眼睛射去利箭
而被刺痛的本身也是一种幸福
爱的利剑，把嫉妒的利箭击落满地

十月，黑毛猪、稻花鱼为爱情成长
村头古老的枫香树见证了一切
裙摆摇摇，银铃锵锵，芦笙悠悠
巫师的祝词在神龛之下，心灵之上
我会如约而至，带一份微笑，以及祝福
还有来年身怀六甲的颂诗

时光深处（组诗）

季振华

瀛洲公园

环湖小道上没人
湖畔凉亭里没人
箭竹园里也没人
找人似的，走了一圈
整个公园的清寂
慢慢漫进心里
有三两个工人种花
只在意手下的花草
不由兴味索然
我不是为了看人，才来公园
离去，却是因为没人

苍茫辞

看着那些兴高采烈的脸
为什么我会看见落寞的神色
看着那些匆匆奔走的人
为什么我会看见两手空空
看着那些握住不放的手
为什么我会看见不再相逢
看着那些年轻的生命
为什么我会看见暮年蹒跚
看着我一生走过的地方
为什么会看见人世苍茫

很小的爱

我走动的范围越来越小
方圆不过三里五里
人间广大，我爱不过来
把我所有的爱集合起来
也刚够爱这么一点地方
甚至还要小一点
爱这么一条路、这条路上的一间房
这间房里的一盏灯火
爱这么一棵树、这棵树上的一根树枝
这根树枝上的一朵花
放在很小的地方很小的事物上
我才会觉得我的爱
有足够的充裕和丰盈

两个自己

埋头于生活，又热衷于写诗
这使我有了两个自己
一个为了谋生，手足并用
扛着世事的艰难
一个为了虚幻的远方
拒绝庸常的生活
两个自己依存又排斥
对峙、妥协，妥协、对峙
我一直不知道
一个谋生的自己
一个写诗的自己
哪一个更真实，更像活着
更值得给予同情和安慰

希望

不期待每一朵花都有人观赏
但希望都开到自然凋谢
不期待每一只鸟都会歌唱
但希望都能飞得比白云自由
不期待每一抔泥土里都有金子
但希望都抱有一颗发芽的种子
不期待每一个人出门都有前程
但希望都平安回家
不期待每一张脸都有微笑
但希望都永远没有悲伤
不期待谁都会成为菩萨
但希望都怀有一颗善心

佛像

母亲晚年信佛
她请了一尊半尺高的瓷佛
每日敬香供奉
母亲的保姆不断更换
我也不能每天都去看她
只有佛像和她日日相伴
母亲寿高百岁有三
我相信和佛的保佑有关
奇异的是，那年母亲去世
遗物里，唯独少了那尊佛像
我忽有所悟，叫家人不必再找
它已陪伴母亲去了往生路上

做一个个不同的人

设想过无数次
我想做一次街角的乞丐
看谁往我的茶缸里放下怜悯
我想做一次拉车上坡的人
看谁帮一下我的竭尽全力
也想做一次站在路边的盲人
看谁带我通过车水马龙的路口
还想做一次疲惫的外乡人
看谁走过来，给我指路
我想做一个个不同的人
证实人间的善意到处都有
活着，是多么值得多么幸运

电暖器

这个电暖器，还有七成新
今天，给了收废品的人
他带走时，我剪断了电源线
老妻怪我多此一举
我是担心他会插电试用
万一短路、漏电，就会闯祸
与其说这是善意，不如说是胆小
我只是让我的废弃之物
和我一样，出了家门
即使无益于世，也不要害人

大暑的汗水

大暑高温，我让自己出汗
泪水从眼睛里流出来
带走的是悲伤
汗水从毛孔流出来
带走的是体内垃圾
活了几十年，有多少尘垢
沉积在身体各个角落
游泳、沐浴都冲不掉
唯有汗水才能溶解、清洗
春天的和煦、秋天的凉爽
都不如炎夏火辣的情意
催生汗水，由内而外
给自己下几场透雨
老了，不能掉以轻心
从人间退场，要干干净净

麻　雀

这是哪户人家
在门口撒了些碎米
一只麻雀看见了
飞去带来了同伴
这里的大街小巷
整天有人扫地
地上有这些碎米
不啻于天赐
麻雀们一下、一下地啄
仿佛磕头

聚　餐

有几乎一筷未动的菜
有底朝天的盆子
更多的是残山剩水
人们纷纷起身离座

我回头，深深看了一眼餐桌
已忘了人们刚才都说了什么
也想不起我说过的话
刚刚一起围坐的人
以后难说还坐到一道
只觉得桌上的这一片狼藉
有着很深的寓意

生　日

今天，是9月9日
老妻要给我庆生
我摆摆手，算了
今天，是我的生日
也是父亲的忌日
夜里，久久无眠
坐在黑暗里，默默抽烟
烟头闪烁明灭
仿佛，给父亲点了一炷香
给自己点了一支蜡烛

幸　福

对于你说到的幸福。我感触复杂
它随我人生时段的不同而不同
小时候，它是一碗温暖的菜粥
一件不漏风的衣服
是看见父母一次次病倒
又一次次站起来，出门做工种地
当兄长们和我渐次离家谋生
是一年一度在父母跟前的团聚
也是我看到儿子逐渐成熟

扛起自己的生活，独当一面
我所感受的幸福，远不止这些
但每一种幸福的背后
都有苦涩、感伤，还有怅惘
如今，我已老迈，每天百无聊赖
枯坐、发呆，不知怎么打发余生
也许，这也算是一种幸福
凡人的幸福都终将如此
渐渐变得简单、平静、平淡
直至不像幸福的样子

出现在我笔下的字

我写字用到的
多是随处可见的平常字
它们出现在我的笔下
像跑江湖的草根演员
一会儿是底层群众
一会儿是市井小民
在这里肤浅地笑着
在那里卑微地流泪
世故，但不乏真诚
怯懦，却也会强硬
我像蹩脚的编剧和导演
让它们在我设置的剧情里
演绎微小又顽强的命运
自从跟随了我
它们都有了一张沧桑的脸
从中随便拉出一个字来
仔细一打量，都无不有着
和我相似的模样

流 金（外四首）

周黎明

想起以前的日子
比如坐在高高的棉花糖上
对白云朗诵的每一首诗
比如把你的名字绣在手绢
流下第一滴幸福的眼泪
比如深夜里的每一次畅饮
都把酒瓶擦得比枪还亮
比如金梭银梭编织的黑发
在阳光下洒落一脸的灿烂

想想以后的日子
就没有比如了
我们用镰刀收割了花环
也收割了一脸的皱纹
我们紧握一手好牌
却被命运扯了个稀巴烂
我们在高光时刻频频举杯
也在独处时黯然神伤
我们成为一个时代的宠儿
也终将成为另一个时代的弃子

最后只剩下假设了
如果在年轻的时候
你就对我说：有你真好

那我一定会用一生的骄傲
写就我们的流金岁月

成为园丁

趁刚锄过草的花园
还没来得及透出新绿
我躺在松软的泥土上
想成为自己花园的国王

我要遍植紫色的丁香
紫色代表着忧郁
忧郁的人是可耻的
其实我也很忧郁
我葬过落叶
也葬过鲜花

我要种满各种颜色的绣球
开始是躲在绿叶里的羞涩
一小瓣一小瓣的簇拥着
在阳光下热烈的绽放
在月色下小心的聚集

我也栽过一棵迎客松
黄山的迎客松都是假的
我这一棵越长越漂亮
因为我不仅好客
还好酒好色

在收割了所有的荒芜后

我已不想成为花园的国王
我终于熬成了
一名辛勤的园丁

等

如果我是一个女人
我一定会爱上你
不是爱你俊朗的模样
而是爱你动人的诗情

如果我是一个男人
我一定会爱上你
不是爱你动人的诗情
而是爱你毕生的沧桑

一年一度
花开花落
风在等我
雨在等我
山在等我
河在等我

我知道你不会等我
我在等我自己
成为仓央嘉措

蒙圈

我以为所有的高铁
都从上海虹桥站出发
想不到还有从上海站出发的

我第一次去高铁站送人
以为上海虹桥站就是高铁站
没想到朋友应该在上海站上车

我以为所有乘高铁的朋友
都会在上海虹桥站下站
想不到还有在上海站下站的

我第一次去高铁站接人
以为上海虹桥站就是高铁站
没想到朋友在上海站下车了

以后再有朋友到上海
先到人民广场集合
他们下了地铁问：
人民广场一共有18个出入口
到底在哪个出入口见？
我一个上海人也蒙了
朋友笑我：
你好像也是新上海人

四姑娘

先生 我想娶四姑娘为妻！

天山传奇（组诗）

吕 赫

初识帕米尔

帕米尔，屹立苍穹之下，岁月的痕迹，
　　镌刻在石砾与沙坡
帕米尔的雪，守护着神秘的宝藏，
　　闪耀着神圣之光
帕米尔的风，传颂着古老的战歌，
　　月光为之静默
帕米尔的水，静静流淌，是时间的诉说
帕米尔的草，摇向远方，是大地的绿裳
帕米尔的昼，天空湛蓝，如宝石般澄澈
帕米尔的夜，星辰璀璨，在夜空中闪烁
帕米尔的骏马奔腾，蹄声打破寂静
帕米尔的雄鹰翱翔，翅膀掠过云廓
帕米尔的微笑，温暖如春日初阳
帕米尔的土地，是塔吉克人心灵的归宿

帕米尔传奇

汽车行驶在 314 国道，一路向南
车轮下是帕米尔高原，远方还是帕米尔高原
遥迢天边的慕士塔格峰
云雾缭绕的山脊，是你孤单的身影

后生 你想娶四个姑娘为妻？
还是想娶第四个姑娘为妻？

我想娶四个姑娘为妻
四个不行 三个也可以
三个不可以 那就两个
两个也不同意
一个总可以吧？

你准备了多少彩礼？
我很穷：
我会像爱我母亲一样爱大姑娘
我会像爱我姐姐一样爱二姑娘
我会像爱我妹妹一样爱三姑娘
我会像爱小姨子一样爱幺姑娘

今天 我匍伏在四姑娘山下
想着前世今生的爱情
大姑娘手持金莲已成玛姆
二姑娘舞动经幡已成觉姆
三姑娘撒落风马已成拉姆
只有幺姑娘站在雪山之巅
掉下第一滴晶莹的眼泪

一滴眼泪就是一个海子
一个海子就是一个孩子
我这才明白
我真正爱的是：
第四个姑娘！

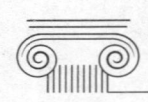

通达天界的密径就藏在高原的褶皱中
盘古创世，开辟新的天地
这里一定也曾留下他的履痕
宽厚的土壤，纯净的风
凛冽的雪水，炽热的心
帕米尔啊，你是瑰丽的梦境
不屈的灵魂，在此激昂翱翔
帕米尔啊，你是勇者的故乡
传奇的故事，在此永远传唱

坎儿井的水

骄阳炙烤，风沙怒吼
茫茫戈壁之下，蜿蜒着生命的清流
掬一捧，晶莹剔透
饮一口，甘甜清冽
坎儿井，古老的智慧
竖井如星，暗渠似弦
弹奏着一曲神奇的歌曲
清泉潺潺，润泽绿洲
穿过岁月，川流不息

遥想当年，那些潜行地下的凿井者
一铲铲岩土，一篮篮冰渣
冰冷刺骨的冰雪融化在脚下
幽暗中溅起的一片片晶莹之光
地上旱漠茫茫，地下清流潺潺
吐鲁番的葡萄沟绿了
漫山遍野的棉花开了
先人的汗水和智慧，铸就这神奇的工程

千秋百代奔流传承，孕育了边疆的春秋
坎儿井啊，这不朽的杰作
让希望在荒漠中绵延不绝

土墙和鸽子

一只鸽子，伫立在风化的土墙上
静静地，一动不动
远眺，以为是个雕塑
走近才发现，是活的鸽子
走得越近，看得越真切
夕阳余晖落在鸽子的颈部
反射着金灿灿的光
它并不怕人，我走得很近它也没动
只是偶尔转头，用平静的眼神和我对视
在它眼里，我们都是不足为奇的过客
它的目光里，闪烁着交河古老的辉煌
历史的回声，回响在它低声的嘀咕中

土墙上伫立的鸽子
确实是一座让人遐想的雕塑
昔日交河的繁华如梦消散
只留寂静在这片古老的大漠
夕阳洒落在荒芜的角落
唤醒沉睡的记忆与传说
岁月沧桑沉淀在斑驳的墙上
悠悠时光凝聚于鸽子的目光

上海诗人自选诗

喀什的夜

喀什的夜，轻轻拂过推开的窗，很静，
　　很静……
润物细无声的静，发现时她已经走到身边，
　　注视着我。
喀什的夜，与上海万里之隔，却没有想象中
　　那么陌生；
皎洁的月光缓缓流过古老的城墙，
　　悠悠星光洒在狭窄的巷弄；
从高空俯瞰，是沙漠中一颗璀璨的明珠。
喀什的夜，在弹奏着一首首绵长的乐章，
　　沁人心脾；
喀什的夜，在述说着一个个悠久的传说，
　　荡魂摄魄。
喀什的夜，拉扯着夜行人的衣襟，
　　轻声诉说着沉睡千年的故事；
喀什的夜，带着沙漠的清新，
　　充满着魅力和活力。
喀什的夜，是历史的交汇，是文化的融合，
　　是时空的穿梭。
喀什的夜，古老而又充满魔力，
　　时间在这里凝固。

在诗意的河流上
（组诗）

周长元

李白与秋浦河

水如一匹练，此地即平天。耐可乘明月，看
花上酒船。
　　　　　——李白《秋浦歌》（其十二）

仙寓山的雾霭流岚
凝成晶莹的水滴
挑在松林的每一根针叶上
在晨光中充盈透亮
从一丛丛兰花的根茎边渗出
细心地捕捉灵感
山泉和地衣也来不及依依惜别
便从高山周身的毛细血管里
流入心脏
开始策划一场诗旅的浪漫

秋浦河
你的使命，是歌唱
你的方向，是长江

山峦为父，沟壑为母

从叮咚山泉到潺潺小溪
从潺潺小溪到汩汩长河
日月星辰目送你曲水弯弯一路向北
进入苍茫

石楠木和女贞树列队两岸
怒放的山花齐声合唱
山鸡和白猿为你翩翩起舞
你只管一路浩浩汤汤

而我就在你的厚实胸膛上
欢歌踏浪

此刻的长安，云遮雾障
我忍不住频频回望
我的腰间
剑鞘里的宝剑寒光闪闪

酒壶里的佳酿晃荡着滚烫
千里黄河，曾为我欢呼呐喊
万里长江，曾为我吞吐华章

可是，我累了，我厌倦了
那巡游和射猎的游戏
那溢满清酒的金樽和盛满珍馐的玉盘
绑架了我满胸奔突的诗情
我只愿做一只黄鹤或凤凰
一夜飞度到江南
把仙人寻访
我只愿在月夜里听着幽幽洞箫

一任百丈崖上飞瀑喷溅的水雾
濡湿我三千丈的青丝成霜

把济世理想打包成云霞扛在肩上
把家国情怀酿造成烈酒斟满眼眶
何惧山路坎坷，我有青鹿探看
何惧江河暗流，我有扁舟漂荡
把头上的玉簪取下
仰天长啸一声：屈子，我来也
汨罗河可以幽咽无声
但是，秋浦河，你得笑语回响

山青水清的江南
你为我准备了美酒和灼灼桃花了吗
我醉了，再也敌不过
汪伦的深情和采菱女的歌声
热泪中，我仿佛看见了葛洪在此炼丹
照彻天地的炉火
把赧郎的号子暖得滚烫

在秋浦河上泛舟
痛饮狂歌，吟颂华章
即便秋风飒飒里
也似惠风和畅
看花看画看明月未央
听鸟听猿听飞瀑流光

清溪泱泱，群峰苍苍
我要把剑气和愁肠
刻进这条荡涤身心之河的心脏

让灵魂在江南的床前仰望
任万丈豪情在故乡的明月里
凝成地上厚厚的白霜

百丈崖

你说，你一直在等我
我知道，你以万古的静默在等我
不计光阴荏苒，忽略世纪更换
就像女儿河
盘古以来就这么流着，春肥冬瘦
冬瘦春肥
这样的奢华，叫我情何以堪

白云苍狗，日升日落
亿万斯年
你的青丝，白了又青
青了又白
就这样静静壁立千尺
只为等我一声亲昵的呼唤

你垂下三千丈的瀑布
飘成了旗帜招引着我
你不涸的激情和韧劲
把有棱有角的石崖打磨得光滑柔美
把脚下冲击成一碧汪汪的深潭
储满了对这片热土的挚爱

青山不墨，自成千秋巨画
瀑布有弦，弹奏万古琴音

百丈崖，你以岿然之姿等我
我来了，我来了
我以半生的劳劬投入你的怀抱
你以万世的圣水洗礼我的韶华

渔　夫

我只愿做一个渔夫
做一个秋浦渔村的渔夫
穿蓑戴笠，一篙一舟
在秋浦河里上下穿行
在晨雾中
在斜阳里
在悠悠的光阴里

撑一只蚱蜢舟，接屈原上船
在陵阳的云溪河
他已第二次流放江南
河水的清澈照见诗人的清瘦
濯缨又濯足
洗涤一颗宝石般坚贞的心

撑一只蚱蜢舟，接昭明太子上船
舀四瓢秋浦河的水代酒
一瓢敬你侍母终老
伤心守丧，不顾自己羸瘦骨立
二瓢敬你情深如海
含泪种下顾山红豆，永怀意中伊人
三瓢敬你心系百姓
饥荒之年开仓赈灾，三千寒衣暖子民

四瓢敬你著书立说
才子云集身边，开一代文学之先风

撑一只蚱蜢舟，接李太白上船
择一个朗朗的月夜，在大龙湾
提一壶酒，高举酒杯邀月畅饮
宽大的袖口是不羁的旗帜，迎风飘动
家国情怀噙在盈眶的热泪里
对青天
仰头一通痛饮，销他个万古长愁

撑一只蚱蜢舟，接杜牧上船
池州是你生命里一个小小驿站
你却是池州历史浓墨重彩的华章
两年刺史，一座城因你凶岁化丰年
一座山，年年开满了菊花想念着你
一座亭，一座弄水亭站在河边候着你
一个村，一个杏花村挂着酒旗等着你
一条河，一条秋浦河逝入史册陪着你

我只愿做一个渔夫
做一个秋浦渔村的渔夫
撑一只蚱蜢舟，接你们上船
让你们在诗意的河流上
永留诗意的芳香

寄 居

是上苍不小心失落的一爿仙境吗
这秋浦河风景区

被多情的江南，小心地收藏
万里长江，滚滚而过
从你身旁，从不惊扰你的梦乡

日升月落，世事沧桑
仙寓山上，何时起
金风玉露孕育了这一场不竭的浪漫
诗意，在恣意流淌
召唤了屈大夫
召唤了谪仙诗人
慰藉了无数文人墨客啊
一杯酒，便让山水醉美
一阕歌，就让历史芳香

黑瓦白墙上刻录着无数古老的传说
宋元山水画里演绎了多少动人的悲欢
青绿设色，青峰才能万古耸立风流倜傥
流水淙淙，秋浦河倾情弹奏爱的诗行
捣衣声一下又一下，板板激荡起思念
落霞散绮在河面，浪子的心被深情一吻
心安处就在这里，确定不再流浪
时光在这里不觉打了一个盹儿
遗忘，一一抚平创伤
直抵长寿村的青石板是蜿蜒的
是二八少女的腰肢一步两扭的
我决定就在这儿寄居下来，暂时不走了

秋浦河
请卷走一些我生命里的风霜

上海诗人自选诗

不期而遇（组诗）

王 婷

谁在西楼？谁看轻鸥？

我立船头，
自有明月上西楼。
是谁，身背着琵琶沿街走？
月光下，青石板上人影瘦。
人影瘦，
清波清影看轻鸥。
是谁，慢摇着桨橹水中游？
迷乱眼，烟水声里醉心头。

之江水里思量长

一把油纸伞，悠然断桥上。
一杯清水茶，残荷心田间。
谁在泼墨画下这远山黛？
隐隐约约，莞尔一笑，
我如卿卿，似非、亦如是。
想要拂袖起舞，
却又怕惊扰了桂仙。
拂柳间，我望之江水里思量长。

时间的河

静静的河，你慢慢地流，
好让我有时间浣一次溪沙。
我只是你漫长岁月中的一个过客，
却细数着你抚柳的轻盈，和冰雪的严冬。
照耀在阳光下粼粼的水啊，
你可知我的目光曾经这么专注地凝视过，
目送你去了远方。

花之念

树枝上冒出许多叶芽儿，
又一季生命正在绽放。
生活就是这样，
用不长的时间去经历，
不经意地写下一些当时只道的寻常，
然后却要用很长的时间来回念，
慢慢沉淀。

于是写着写着，
就写成了人生。
那些往来的人、经过的事，
那些翻进记忆的想念，
和着长长的时间，
便是我们的人生……

不期而遇

人世间，有太多的不期而遇，
或喜，或带着忧。

掌纹里的秘密
（组诗）

禺 农

有一些，任凭时间的飘移，
一直默记在心里。
有一些，转瞬消散在如烟时光。
或静，或未动已止于静，
我们只是在不同的时间和地方
偶然邂逅，擦身而过
或轻、或重、或淡、或浓，
写下了我们不期而遇的故事。

悄悄话

是风绕着树，还是树绕着风？
说不清楚。
风吹过来，树叶摇起来，
一阵温暖、一片温婉。
我静静地闻着树香，
轻轻地听，
听风和树在说的悄悄话。

我们和古人望同一轮明月

我望明月，念天长地久，
明月看我，不过白驹过隙。
我问明月：可有常在？
明月笑我：天地悠悠。
此生、今世，不过一个恍惚，
寒来、暑往，却是岁岁年年。
唯有清风依旧在，
潮起潮落，大海带走了河流。

春 讯

春的翅膀在朝霞里飞舞
喧闹不止
窗外，嫩绿被光洗净
格外耀眼

田野里，青苗追赶春风
向家乡奔跑

邮递员、书信和远去的亲人
在昔日的盼望里
每一个音讯被捂得滚烫

油菜花结荚了
把春天的笑颜封存在记忆里
等来年，燕子和蜜蜂
送来远方的消息

深秋里的李白故里

深秋的风渡过府河
风尖蘸着霜露

万千草木闻声动容

银杏安营扎寨
傍水观山
不理会向前的路

树根旁，金黄的叶子席地围坐
听冷雨细述千年前的故事

诗意可书画
往事抓不住

李白醉了又醉
醉了安陆故里的秋天
醉了寻迹而来的人

在他种下的银杏树下
与并未远去的谪仙
举杯畅饮

府河的初秋

夏和秋胶着
今年的初秋来得很慢

近岸的树枝在风中不知所措
不时地向水中的月亮赊一瓢清凉

也许等到秋雨援应河流
炎热才会隐遁水底

虫鸣已静
一句话唱了千遍
有些累了

候鸟受暖风的指引
在府河边落地安家

鱼群不问世间冷暖
在千年脉息里
呼吸，延续

眼　睛

和树对望
窗是亮着的眼睛

绿色开始逃逸
树把自己长成秋天

叶子捧着成长的日志
风的言语
说出掌纹里的秘密

去路便是来路
繁花难留不变的窗口

过客也好，落幕也罢
有一扇窗
在看自己经过

走在各自生活的路上

早上，喜鹊叫得很响
感觉在发布好消息
又像在通知大家，有好事发生

它们常在宿舍和食堂附近
低飞，行走，觅食

一群乌鸦也常来这里

以前，我很容易辨识这两种鸟
知道它们的差异
愿意相信遇见它们
分别预兆什么

时间一久，我渐渐忘了
区分它们的特征指的是谁
越来越分不清它们
甚至认为它们和其他黑鸟没有多大区别

后来发现几只鸽子也在这里出没
我想，这并不奇怪
它们不过是远道来的

日子如常
上千工人从宿舍和食堂进出、碰面
也和这些黑色的鸟相见
彼此大都只是见面，并不熟悉
仿佛只是走在各自生活路上的偶遇

蝴蝶替我做梦
（组诗）

夏 云

浪漫初夏

初夏是一条绿皮火车那样的长虫
正沿着轨道快速通过开阔地带
前方没有车站，也没有旅客
春天驶出，一列直达初夏的列车

蝴蝶正在道口，翅膀好像摇动的旗语
有一只大鸟，睁着红绿灯那样的大眼
雏鸟事不关己，晒着温情脉脉的太阳
没有春天，也挂不上初夏这样的车头

牛筋草已经把墙根绿化了两遍
打碗碗花骑在围墙，做了墙头草
篱笆是一页草木写信的信笺
油菜花已经倦乏，花瓣卷成了行囊

三月花将我抱住，交给初夏四月
我们每天都在为自己松绑
脱了棉衣，换了被子，买了樱桃
只等你，和我手拉手，攀上初夏的果树？

红颜知己

窗里的人已老,窗外的花已开
春天已经进出好几回
手里杯子空了,正好满一杯花香
一遍遍数着,给领养的桃花取名

等一缕清风,风不能太凉
泡一杯绿茶,汤不能太浓
午餐就清菜豆腐这点小幸福
午休时分,蝴蝶进来替我做梦

眼睛花了,分不清谁是萤火虫
耳疾鸣响,常年听见你的蝉鸣
嘘寒问暖的红颜知己,用笑脸
给我们的双臂,打一个漂亮的结

握住橘子

天外来客,她都是一棵橘子树
宽厚的树冠举成了一把伞
阳光过来疼爱,秋风跑来温柔

我与她相遇的那一刻惊艳
她的星空气场,闪了我的眼睛
哦,这是宇宙天体生命之源

枝头上亮出的一个个灯盏
那是脉脉含情的太阳

我睡到半夜,月亮也被照亮

她出生在南方,为何常常去到北方
谁让一只橘子背井离乡、浪迹江湖
橘子山乡只是遥远的银河星座

陈皮在《本草纲目》修行了几百年
故乡的芳香藏在岁月的掌纹
让山泉水唤醒我,逼出体内的功效

橘子香很尖锐,我不敢解她黄衣
不敢碰她脸庞,我猜想片片橘瓣
酸酸甜甜,与我心心相印

静物樱桃

难得街市一走，依然吵吵闹闹
吆喝声、讨价还价声交织了半辈子
市肆的嘈杂多么具体而真实

四月水果摊，芭蕉绿了，樱桃红了
那是春风春雨调出的肤色
一颗晶莹剔透的红宝石横空出世

它们把初夏的甜藏在心窝里
把枝头的眷恋抿在嘴唇
脸上是雨水也是泪水，难以擦干

找个偏僻的角落，蹲在屋檐下
耳边是凌乱的脚步和喇叭声
不厌其烦的叫卖声喊醒了早市

然后，我给她们开始赎身
我夫人喜欢看她们回家的样子
又给洗手擦脸，重又坐回竹篮

我忘了，她们来我家做什么客
她们一个个没有说出来
等待夫人把她们一个个画走

花开花落

有一种树，春天再也无法掩饰
宽大衣裳遮不住大姑娘含苞欲放

三月偏短，注定要与四月打通
瘦身的樱花，才能穿过樱花隧道

她们穿瑜伽裤，让花海给我们荡漾
不是红就是白，生活没有十全十美

借风摇曳生姿，清一色未婚女子
她们初涉人世、单纯幼稚，一无所有

叫她开，她就开；叫她落，她就落
花开花落，她不知道尘世的秘密

路旁的野花

路不通时，我不会拐弯
心不快时，我不会看淡

桃花开了我不看桃花
桂花开了我不看桂花

没花可看时，不看路旁野花
野花落满风尘，压在我心头

风尘很沉，我不能帮她拂去
她的颜色，她的花只开给自己

疲惫来不及洗净，打理好草籽
拦一截轻风远去，把根留在原处

诗坛过眼

等闲拈出，皆是文章
——余志成诗读记

王 云

  诗人余志成先生近日见赐最新作品集《岁月吟者》一部，收录了作者过去数十年创作生涯中的精品、得意之作，并配以精心打磨的英文翻译，体量丰厚，足可观瞻。一本颇用了心思的精选集，可以供读者详细体察作者创作之路的演进，也最能集中反映作者的个人风格、用力之所在。

  阅读余志成诗歌的过程，堪以荣格的无意识理论为部分指导（事实上在我们的语境中，"无意识"更贴切的表达应该是"下意识"）。所谓"无意识"中，包含了两个层面：一是人的个体经验，二是整个社会环境因袭下来的固有的一些文化经验，二者叠加，形成对艺术创作的共同作用力。后者是一种所谓的如同动物本能"生物基因"一样的存在，荣格本人认为是与生俱来的，而他的理论继承者鲍特金则将其进一步斧正为"社会基因"。这总体的"无意识"，会从相当程度上决定一个人审美趋向和艺术创作中对素材选择的一致性，构成创作的基本主题，进一步形成风格。

  之所以说无意识理论适用于指导对余志成的诗歌阅读，是因为他的诗歌从形式上读来闲适轻快，大部分篇章都看似等闲拈出、随手偶得，不仅是不会"用力过度"，而是到了几乎找不出用力痕迹的程度；而从质地上看，又具有高度一致性，形成了非常统一的个人风格，他的诗歌时常以一种闲章的表象呈现，取材日常生活的切面，很少苦大仇深和宏篇阔论，而实则并不缺乏对严肃内核的思考。看似闲散而实则具备统一精神的背后，正是值得细察的所谓"无意识"。

自实处得法

  余志成的诗，首先有来自强烈的个体经验的支持。他的诗歌的意象、主题几乎涵盖生活所能指涉的各个层面。在意象和素材的选择上维度广阔，所以我们能在他的诗歌里看到河山：《船过神女峰》（孤独的青山留你／无语的季风伴你／你身在高高崖顶／面江而坐的神态／倾倒许许多多善男信女）；

花鸟：《布谷声里》（有一种鸟鸣 / 优柔而动听 / 唤醒三千里稻谷 / 点亮你祈愿的心灵）；情感：《父亲》（只记得你举起酒杯 / 喝不醉的话 / 倒在了桌子上 / ……你的毛笔字指点过学生 / 也写过大字文章 / 而你最爱写的 / 是一个响亮的字—家）；思古：《端午抒怀》（一双绝望的双眸 / 一声无奈的长叹 / 叹孤忠难报国 / 叹民生多艰难 / 一个飞身跳下 / 让滚滚的汨罗江水 / 承载了一个英魂的漂泊）；社会：《上海表情》（如果你我 / 迈进了一座城 / 打开的记忆 / 如闪闪烁烁的霓虹灯 / 当我们挽起手臂 / 一起漫步在城市的黄浦江畔 / 映照在我们眼帘的 / 是多彩的风景 / 是荡漾的热情）；以及生活里的随意一个被记录的切面，小而富于思趣：《在高空的飞机上》（我知道前方是目的地 / 也像所有旅客一样 / 相信有充满幻想的清晰空气 / 是的航行终将到达 / 到达是新的航程的开始）。

这种包容性与诗人自身的趣味、禀赋高度关联。诗人的创作欲是流淌式的，如水般自然地流而成形。他以一种高度的非自觉性，驾驭了这些内容、时间、地点几乎无所不包的诗歌，可以说日常所遇，皆可入诗。这些作品基本看不出经过刻意斟酌、"为诗而诗"的过程。而他的诗歌，正因为取材于这些涵盖生活细节的主题，所以是从实处得法，作者关注的、吟咏的永远是生活本身。

像《牵手》：故乡被白云点缀的时候 / 鱼儿在河里欢快游戏 / 鸣鹤古镇也披上了盛装 / 石板路沉默不语 / 田头铺开的油画 / 瞧着自己的果实 / 一串玉米斜靠窗檐充满回忆 / 一面墙钟的指针 / 习惯性地踱着步履 / 一对老夫老妻手牵手 / 把背影留在曲弄幽巷 / 慢慢地回到了家里。这首诗几乎纯白描，全诗像小画般展开，所写只是生活中所见的一个简单切片，但是因为作者对此类简单场景抱以高度关切，并怀着美好的情感，所以得以入诗，成为一幅堪称温馨的即景状写。

于虚处传神

余志成的诗，其次在个体经验之外，充满了社会和文化经验所赋予的内在精神。诗人的相当一部分作品，取材切口十分细微，所成作品篇幅也不长。这类作品看似结构简单，易于上手，但实际上最不容易于质量上过关。因为既没有长篇幅的空间可供铺排，素材本身也没有太多流于表象的诗意为作品增添附加值。但恰是这部分作品，是作者诗歌另一个特色的体现。艺术之所以来源于生活而高于生活，是因为能够超越生活本体，而不是源头一比一的复刻。诗歌在写景摩物之外，尚需要有文化经验的着力，才不会空洞无物，沦为对生活的简单复刻。

可以看《蚊香》：来吧 给我一点火 / 来吧 给我一点亮 / 来吧 请把我燃烧 燃烧是我的本能 / 燃烧是我的价值 / 燃烧才有一

缕烟／燃烧才有一抹香／成灰不是我的可悲／成灰是我的心甘情愿／我的开始便是我的最后结局　这是一首小诗，但是对于蚊香燃烧这个简简单单几无多余发挥空间的生活场景，作者不仅用简洁并且充满韵味的语言将之道出，而且从第二节开始递进式进入"说理"的部分，到结尾处，便用一句话收在了形象和哲思有机融合的地方，所谓豹尾，正是对全诗完成了升华。

《印象慈溪》（组诗）中，既不乏对家乡风物的描摹：时光从嘈杂穿越幽静／不可替代不可复制的／是慈溪那一片景色／那白墙瓦顶的民居／那龙山虞氏的遗韵，也不乏大时代下反复被描摹的城乡变迁的母题，作者也遭遇了它：拆吧迁吧移吧／也没有离开百把里／还是我的家乡我的慈溪／泥腿也跨进了电梯……我们迁了移了／相伴的还是那条熟悉的小溪。每一个目送自己熟悉的家乡变成异乡同质化城市的人，心里的隐痛，乡土与发展之间无可调和的矛盾，都在作者轻轻的笔落下时，发出无声胜有声的响动。如此，即是个体经验与大社会的连接，是诗从简单的摹写景物向文理交融进化的过程。

社会经验在作者另一类诗歌中的体现，是以紧贴时代和事实的方式实现的，代表作品之一便是《我想飞》：神舟五号腾空的时刻／我想飞／和英雄杨利伟一起飞／……我飞　我飞／我又像是飞船里／一个快乐的零部件……飞吧　有一路高歌／相伴的声部是那样雄伟／飞吧　有一路星辰相耀。这首节奏流畅欢快、几乎可以令读者唱着读出来的诗，写在神舟五号发射成功之后，诗既牢扣时事，又有着全体中国人文化基因的附着，正是荣格一派学说所认为的"文化基因"的成分，对艺术作品之成形，提供的支撑。

成不凿之诗

诗人近些年的一些作品，颇有点晚明小品的意味，十分短小精巧，但是由于不缺乏最重要的内在严肃思考，所以清新而有余韵。这部分诗歌，单篇考察，在体量上并不算长，不过如果将许多单篇连起来通盘阅读，会发现气韵上贯通无碍，毫无凝涩顿滞之感，这也从一个侧面说明了作者诗歌风格的内在统一性。

从语言上来看，余志成的诗歌基本清雅而不穿凿，有活泼的生活气息。往往能在描写与兴发二者间达成平衡，最终呈现情景有机结合的艺术效果，如《春辞》：春辞一曲离愁／湖光清波依旧／踏破千里觅小诗／挥手轻吟数风流／莫道日子淹留／回望绿肥红瘦／人生一回需尽欢／与君邀月酌美酒。由于余志成的大部分诗歌采用了较为轻快偏口语化的表达形式，可能会让部分读者忽略一个他诗歌语言中一个很重要的影响因素，就是他其实得中国古典诗歌的助力甚多，只是由于化用得较成功，没有落入刻板使用的框架,所以容易被忽视。如这首《春辞》,其实从音律到用典,都有着不可忽视的古典诗词的作用。众所周知,中国的诗词是要拿来吟唱,中国古典文学的传统极为强调音韵美的部分。通过调配语音的轻重、长短、停顿等形成文字的节奏。而这首《春辞》,继承的正是这个传统,是一首合辙的可以被谱曲吟唱的小诗。而诗句中"绿肥红瘦、邀月酌美酒"等用语,正是化用了一些国人耳熟能详的典故。诗歌的美学逻辑臻于自洽。

短诗清雅之外,作者有一些组诗作品质量也值得细读。集中《花开四季组诗》《森林六重奏》这几组是我非常欣赏的。

《森林六重奏》:没有理由拒绝歌唱 / 就像没有理由怀疑新时代构建 / 美丽 深刻 热情 / 如果有一种神秘力量 / 在体内弹射出晨曦的彩虹 / 我离开公路走向森林 / 走进这触及原始的生命

离开你的钥匙圈 / 和我去很深的林子里走走 / 就能碰到一串串野葡萄了 / 想起水果店里的瘦影 / 坐望位置的意义 / 你会发现很多事情

那就在我隐入树的背影时 / 再闪烁地一回首 / 让感觉梳理一下空间 / 为小屋牵一缕相思的光环

《花开四季组诗》:打着一把花伞 / 与盛夏的花丛邂逅 / 与栀子花邂逅 / 放眼的花很多 / 你的栀子花唯一

窗台的一隅 / 你种下的那一抹绿 / 被柔风细雨吹打 / 那是郁金香的幽思 / 一朵 连着一朵

荷的盛开静静 / 雨的敲打轻轻 / 一个艳美 / 一个晶莹 / 透亮一种爱 / 高洁一份情 / 雨荷哟 / 谁为你而倾心

别林斯基言:"作家在流露着内在意义的文字和表征的修辞手法上展示自己的独创性与人格的个性"。全段诗歌言随意生,所用手法接近白描,没有过多的修饰,语言自然而有韵味,用精简的语言兼顾到艺术效果和韵味,给诗歌的读者留出了足够的审美空间,这样的诗歌语言是有余韵的,空灵典雅而不失感染力,能在文字结束后引发读者继续思索。

讨论余志成的诗歌,看到他的诗歌并不复杂的语言表象下呈现的对生活的思考,看到以作者突出的个体经验贯穿写作的始终,看到在这些作品中集体文化经验的留痕,诗歌本身的客观性和诗人写作自身的主观性,二者结合所完成的写作,最终形成了独特的个性化的诗歌表达。

《上海诗人》理事名单

常务理事	陈金达

浦江诗会

陌　生（外三首）

吴海滨

盛夏

我去向一个完全陌生的城市
那里不见人迹，只有密密麻麻的车子
车轮轧过我的目光，断开我和现实的联系
那挟车飞行的风，再没有比这更自由
只有我的疼痛，第一次让我看到了我的存在
车子们都五体投地，匍匐着前进
他们的方向都不是他们的方向
他们的时间都消耗在无谓的飞驰上
他们毫不懈怠，专心致志
这时，我站在凉凉的海水和空寂中
世界与我
相距遥远

明　月

右边是黑森森的林荫
左边是暗流涌动的河水
在这个鲁莽的夏夜
一条道路毅然分开了它们

我看见的历史是假的
就连自己有时也不值得相信

三十个昼与夜的淬炼
你似乎又一次回到原点
五千年，仿佛只是一个瞬间
为什么你还皎洁如霜雪

诗是月夜的微光
孤独也是
我常常想起，虽然
也常常遗忘

向南十五里

偏要多坐七站
去看望茕茕孑立的小巷
有时命运的作弄
无非是你轻率的抉择

细碎的青石
铺出这么漫长而曲折的小路
如果看不惯生活的琐碎
就紧闭自己的门窗

晨曦穿过玲珑的花格
找寻稍稍安静的角落
那朵褪色的梅花没有想到
自己意外的亮了

看，疏朗的长空
没有一丝烟霞

起手式（外三首）

阿 笑

遇事不决点三三，他选择
在东南一隅置设屋舍
朝阳，种下金桂、山茶和月季
梅林竹篱是不可能了
要紧的是可以听到风吹草木的声音
像在摇动整个人间
门外水塘里，要有荷新绽，有鱼深潜
有浮云，倒映大制无割的水面
"遇溪而止，得天下，占
满天星月以王之。"
天元这一手留给谁，不能说
不能说
这关乎攻和防，关乎高冷与低热
他取守势
他是白的，他的世界是黑的

晨 听

窗外有鸟鸣，还有钢铁
相互碰撞的声音
高处隐隐有雷
瘦昆承湖边遛狗的人
时不时咳上一嗓子

数一数那些失去的时光吧
有多少是欢喜
多少是悲凉

似水流年

虞山下
湖水绵延不绝
翻卷跌宕又随波逐流

你可曾知道
那只不分方向
随意翻飞的山雀
有多么自由
即使明天
再有如此凉爽的风
我也可能已经
不在这里

往昔的一切归于平静
撒手而去的银杏
再不管
世间琐碎的声音

一个人径直牵着一条狗
一片湖倒映了一个宇宙

世界恢复了嘈杂
每一具身体，包括灵魂
都没有被漏过
又开始被什么不停敲击
情愿，或很不情愿地
振动起自己
这是个寻常早晨
天在下雨，猫在叫春
风摇动树叶，在沙沙作响

豁　　口

远处高楼窗口透出的灯光
有的烁亮有的昏黄
要间隔很久
黑沉沉的瘦昆承湖面
才会再次送来若有若无的夜风
在这两者之间
肯定被我遗漏掉了一些东西
也许是一点星光
几声蛙鸣
星光和蛙鸣里满是稀疏的寂寥
也许是天上云朵们奇诡变幻
地上几片莴苣叶却在安静地发亮
天空打碎的
大地都会捡起来，藏好
也许只是一只努力爬上了台阶的蜗牛
要等来日出
也许，本就应该空空荡荡

像这人间，总是留下一些豁口
无论你有什么
都不能将它填满

在鸟鸣声中醒来

也许鸟鸣里什么都不存在
就只有满心欢喜
万物还没打开的时刻
幸福是过于辽阔的事物
不如说满足更为熨帖
就像每天都有清晨
有日出，或者噼里啪啦
敲打窗子的雨声
世界已经不再欠我什么了
它是时时不一样的风景
如何验证它的真实
这是日复一日的工程
就像每天还有黄昏
有天色缓慢变暗
大地呼吸平稳
它们一定还有着
某种不被察觉的心跳：
有时候是你在那里
有时候是我
有时候什么都不用
只要有一点风，轻轻踏过
浮满荷叶的瘦昆承

春天代码（组诗）

王晓明

春 风

春风入怀
像虫子一样
又如许多久违的老友相逢
总有说不完的话
能听到血液流淌的声音
穿行过城市
直达乡村
我们记住了所有的美好

桃 花

被赋予的含义
她并不知道
即使能让人们畅想
或者演义
也是美好的

种树的与看花的
想的不是同一件事情
但她明白

自己的生命在春天
会预示一场盛宴

插 花

虽然残忍
但也是春天的存在
因此
插花成为一门艺术
在春光照不进的地方
它就是一盏灯

在凯宾斯基酒店 29 楼遥望

那些江鸥飞着飞着
就停在黄浦江上
它们和外白渡桥上海大厦
一样经典
这是我第一次在浦东俯视外滩
江面平静地泛着波纹

桥堍的那幢建筑
有我家三代的记忆
而从外白渡桥到外滩的路上
有些脚印模糊了
有些
仍然清晰

今天是 520

数字代表的含义
会让生命
间
变得深沉和庄严

我不敢亵渎这个符号
我的情感就像炉火
而你
就是让它不熄的燃料

我在听春天的声音（外二首）

杜 元

天空淡淡的灰
青烟漂浮
云朵互相摩擦
声响细微

泊于烟渚的江湾
江水无言
涟漪拍击着感情的礁滩

沙洲上芦苇唏嘘
春天的诗心寂寞
临风飘举
飞鸟滑过天际

穿过柳丝
停在春天里的风
在河边嬉笑
奔忙的人们没有知觉

泥土下
我听到蚯蚓在爬动

以及许多许多种子
在地下的雀跃

又见春天

一朵蒲公英
就唤醒了我对春天的所有情绪

奔跑在原野的风
披着金色的欢乐
我伸出手去 握不住
跳动的春光

开在三月里的小花细细碎碎的
像雾色 像飘飞的云
像刚刚萌动的喜爱
一路生发 蔓延
满溢在河川雀跃的波纹里

一颗发芽的心在艳阳下舒展
东风透明
有光有酒还有一树桃花

油菜花

不论在哪儿
你都是无法忽略的存在
热情 明媚
一色十里
流淌在乍暖还寒的三月
用浓得化不开的金黄
渲染满怀的惊喜

生命在蓝天下敞开
裙裾在时光的褶皱里飞扬
起伏 涌动
在手挽手肩并肩的燃烧中
喷发 炸裂 弥散

铺天盖地的仰望
诠释着生命的丰盛
前仆后继的追逐
倾倒出奉献的折痕
高高托起一朵云影
这一大片的幸福
就在细碎的日常里发芽
在张扬的青春里奔腾

释 放（外三首）

陈秀珍

把曾经铺展的都打包好
压在那块青石下吧
封印所有狂乱和无序
在酌满烈酒的樽里
滴上鸩血
一饮而尽
满世的心事都开成罂粟
在山洪暴发的强势里释放

没有惊异

秋凉给初冬交接要闻
四季没有惊异
日月星辰无动于衷地运转
在百花斩首的刑场
没有哪片火烧云
会走进白雪里……
做一个说客

无可替代

看那缕光阴
随意在宇宙里穿行
慵懒地享受着上苍的馈赠
在自主若阳的时光漫游
既不愁急务也不忧劳作
不慌不忙享受自己的曼妙
还有那棵桂花树
毫无费劲张罗，就已拥有……
满世界的朝臣

看 到

我看到所有的光点、热量
都向一个方向聚拢
向着太阳的中心聚拢
然后扩散
我的眼睛能看到光明
也能看到黑暗
黑暗之中的幽灵
那些荒废的灵魂
都在黑暗中挣扎
直到灰飞烟灭

月白，落在青瓦顶（组诗）

吴肖英

老 宅

老宅还在
迎接我的是一张告示
房屋撤迁，贴在村委会墙头

月白，落在青瓦顶
老槐树下，一口水井
和月亮唠叨着家常

听不见了
隔壁阿婆大嗓门
几只斑鸠，啄着寂寥

老城厢的夏夜

路灯，在铁皮灯罩下
散发出橘黄色温柔

黄浦区老城厢里
竹凳、躺椅、帆布床
已从闷热的亭子间，后厢房
随着木屐拖鞋噼啪声
次第走至狭长弄堂
铺展，夏夜纳凉图

星星，悬在巷口眨眼
乳白月光，投在集邮册
四邻八舍围坐、交换着方寸间的乐趣
巷角处，一女生阅读"青春之歌"
泪眼婆娑，已沉浸在
主人公林道静的悲喜中

墙角的花影
陪伴着邻居们身影
一把把蒲扇
合力摇曳着邻间温馨
市井里，飘着夏夜的沉香

月光下的老宅

月白，把老宅裹紧
挽着发髻的祖母和三寸金莲
轻声走来

菩萨般的笑脸，匆匆唤着我乳名
她逮住了一只蝈蝈
悬挂在木雕床头

绿色的蝈蝈
把灰白色的帐子
叫唤出翠翠的色彩
每当月霜，铺在青瓦顶
蝈蝈哼唱着，伴我梦游

我问屋顶上月亮
李白，为何要跳进有月亮的河里
而不是跳进河中的月亮里

月光下的老宅，一直留存着
我的奇思妙想

三月的小雨
（外二首）

百合雪

三月，一首清丽的小诗
从门口小径出发
穿过华师大的花径
延伸到美兰湖畔

黄昏，下起了小雨
细细绵绵的雨点，有些滚到草尖
有些飘入平静的湖，没有风的作恶
湖面只有小小的波澜

归途的转角
舒展的 A 大调《雨滴》
像空中又下起一场
滴滴答答的雨来

一棵孤独的树

喜鹊在枝杈上筑巢
灰兔钻进钻出忙着打洞

漫山遍野开满了桑格花
一只燕尾蝶停歇在爱情的旋涡里

转瞬间，电闪雷鸣
荒芜寂静的原野上
只剩下一棵树孤独的身影

但即便如此
它也应该有一个，春天的梦

一地鸡毛

在疲倦中醒来，匆忙挤上地铁
干枯焦虑的案头堆积着
繁花般日常

囡囡的英语私教定了吗
姆妈的腰椎病又反复了吧
走出同学聚会的喧哗
月光下一地鸡毛
人到中年
总有许多无可奈何

接 受（外三首）

艾 雨

我要接受灯光和雨水
在这个夜里，我还要接受
孤独和一只猫的体温

接受是那么地重要
如同我放弃
放弃河堤上的一次长走

我还要接受
灰尘、噪音和狭窄的街巷里
那些平庸的日子

黄昏之歌

在这个黄昏
让记忆的姐妹走起来
让她们的缎子鞋踩动尘埃
让树叶哗哗作响
晃动我宁静的泪水

晚霞中的落日
很红很圆
像落日本身
黑黑的巷子里飘来失明的蝙蝠

我把梦交给夜
我把回忆的姐妹交给回忆
像马儿迷途，停下来喘息
那雪白的蹄子，就是一次
想象的终结

夜　歌

那么多花开着
我不是最明艳的一朵
盘起长发，穿着粗布衣走过
那些回头看我的人呀，已在我内心
点燃了灯火

没有比希望更让人执着
今夜，我散开发辫
用一杯酒，燃烧自我

在共同的月色里
我的荒凉是一支烟
还在手中燃着……

村史馆感怀

戴上墨镜，进入村庄
在一块残碑旁，风在诉说

停下来，是脚步声
漂浮的传说，连云带雾
划过屋脊与天空

这里似乎什么也没发生
一棵树，孤独地站在墙边
和我形成了对称

我摘下墨镜，向阴影退去
仿佛回放单调的日常

图书在版编目（CIP）数据

生命的棱角 / 赵丽宏主编. -- 上海：上海文艺出版社，2025. -- ISBN 978-7-5321-9257-1

Ⅰ．I227

中国国家版本馆 CIP 数据核字第 2025R0R361 号

责任编辑：徐如麒　毛静彦
美术编辑：雨　辰　沈诗芸
封面设计：赵小凡

生命的棱角
赵丽宏　主编
上海世纪出版集团
上海文艺出版社 出版
201101 上海市闵行区号景路 159 弄 A 座 2 楼
上海文艺出版社发行中心发行
201101 上海市闵行区号景路 159 弄 A 座 2 楼 206 室 www.ewen.co
上海昌鑫龙印务有限公司印刷
开本 787×1092 1/16　印张 7　插页 2　字数 123,000
2025 年 2 月第 1 版　2025 年 2 月第 1 次印刷
ISBN978-7-5321-9257-1/I.7262　　定价：12.00 元

告读者　如发现本书有质量问题请与印刷厂质量科联系
T：021-52830308